抬高屋梁吧，木匠；西摩傳

Raise High the Roof Beam, Carpenters & Seymour: An Introduction

沙林傑

J. D. Salinger——著

黃鴻硯——譯

Rye Field Publications

目次

如果世界上還有所謂的業餘讀者（或任何讀完一本書就拋到腦後的人），我願懷著無法言傳的熱情與感激，邀請他或她和我的妻兒一同均分本書的獻詞。

抬高屋梁吧，木匠

二十年前的某天夜晚，腮腺炎圍攻我們這大家庭的期間，我年紀最小的妹妹法蘭妮被送進了我和大哥西摩共用的，看似不受病菌侵擾的房間，嬰兒床之類的玩意兒也都跟著來了。那時我十五歲，西摩十七歲。大約凌晨兩點左右，新室友的哭聲吵醒了我。我靜靜躺了幾分鐘，維持不動聲色的姿勢聽她吵鬧，直到我聽見，或者說感覺到西摩在隔壁床上翻了個身。在那段日子裡，我們都會在兩床之間的床頭櫃上放手電筒，為緊急狀況預作準備，而就我印象所及，那種狀況從未發生。西摩打開手電筒，下床。「奶瓶在爐子上，媽說的。」我告訴他。「我不久前才餵過她。」西摩說：「她不餓。」他在黑暗中走向書櫃，以手電筒光緩慢來回照射層架。我起身坐在床上。「你打算做什麼？」我問。「我想我也許可以讀些東西給她聽。」西摩說，並取下一本書。「她才十個月大呀，老天。」我說。「我知道，」西摩說：「十個月大的嬰兒也有耳朵，我可以讀給她聽。」

西摩當晚就著手電筒光線讀給她聽的是一個道家的故事，他的最愛。即使到了今天，法蘭妮仍堅稱她記得西摩讀過這故事給她聽，她發誓這是真的。

秦穆公對伯樂說：「你年事已高，家中是否有其他人可來受我雇用，代替你尋找良駒？」伯樂答：「觀察體格、外貌可挑選出一般的好馬，但一品良駒——奔跑時不揚起沙塵、不留下足跡的馬，乃若有若無的存在。我的兒子才能平庸，看到好馬辨識得出來，但無法判斷一匹馬是不是一品良駒。不過我有一個朋友叫九方皋，是賣油和蔬菜的販子，他對馬匹的了解並不遜於我。請見見他。」

秦穆公見了九方皋，隨後派遣他去尋找駿馬。三個月後，他返還稟報：馬找到了。「在沙丘。」他補充說明。「是什麼樣的馬？」秦穆公問。「喔，是一匹黃色的母馬。」他答道。然而，秦穆公派人去取馬，發現那是一匹煤黑色的公馬！穆公大為不悅，召來伯樂。「我派你的朋友去找馬，」他說：「結果他胡搞一通。哎，他連馬的毛色和性別都分不清！他怎麼可能懂馬？」伯樂滿足地嘆了口氣。「他已經達到那樣的境界了嗎？」他喊道：「啊，那他已勝過我萬倍，我們的實力已無法相提並論。九方皋所觀察的是天地奧祕，他得其精髓，忘卻粗略的部分。求其內在，漏看了外表。見他想看的部分，不見他不想看的。見他該看的部分，忽略他不需要在乎的。像九方皋如此懂得看馬的人，有能力洞察比馬更高貴的事物。」

馬送來時，果然是匹良駒。

我在此重抄了一次故事，不只是因為我無可避免地會耗費額外心力推薦具鎮靜效力的文章給爸媽、兄長或十個月大的嬰兒，還有另一個原因。本文緊接著會描述一九四二年的一個婚禮之日。在我來看，這是一段完備的敘述，有頭有尾，還有道德教訓，而且是專屬於它的起始與教訓。然而，由於我知曉事實，我認為我必要告訴大家：新郎如今（在一九五五年）已不在人世。他在一九四八年，與妻子一同前往佛羅里達度假時自殺……不過我有意傳達的事是無庸置疑的：自從新郎永久退場後，我還沒想到我可以派誰代替他幫我找馬。

一九四二年五月末，已退休的前潘塔吉斯馬戲團雜耍演員列斯與貝西（原姓蓋勒格）．格拉斯的七名子嗣各奔四方，誇張一點說，是散居美國各地。比方說家中排行第二的我，待在喬治亞州班寧堡的軍營醫院中，患有胸膜炎——持續十三週的步兵基本訓練留給我的小小紀念品。雙胞胎華特和韋克整整一年前就分道揚鑣了。韋克進了馬里蘭的良心拒服兵役者營隊，華特則和野戰炮兵隊在太平洋的某處——或在前往那裡的路上。（我們自始至終都不確定華特當時身在何方。他原本就不是很常寫信，在他死後，只有極少的個人情報傳到我們耳中，少得幾乎可說是沒有。他在一九四五年秋末死於日本，死因是陸軍出了荒謬到無法言喻的意外。）我最年長的妹妹布布的出生時間落在我和雙胞胎之間，她當時在緊急志願服役婦女隊擔任海軍少尉，斷斷續續地進駐在布魯克林的海軍基地。那年春天和夏天，她一直待在我哥西摩和我擁有的紐約小公寓裡，不過我們入伍後，實質上等於放棄了那房子。家裡最年輕的兩個孩子卓依（男孩）和法蘭妮（女孩）跟我們的爸媽待在洛杉磯，而我爸在那個城市向電影片場兜售他的技能。卓依當時十三歲，法蘭妮八歲，兩人每個星期都會上一個電台猜謎節目，叫《聰明寶貝》，命名者取名字時也許懷著尖酸刻薄、放諸全國的諷刺。在此我可能要提一下，我們家的所有小孩都曾經……或者說都一年接著一年地當過《聰明寶貝》的每週固定班底。西摩和我最早登場，在一九二七年，當時我們分別是十歲和八歲，節目從舊莫瑞山旅館的其中一個房間「放送」出去。我們七個人，從西摩到法蘭妮，都用假名上了節目。這聽起來也許是一件極度反常之事，畢竟我們是雜耍演員之子，是通常不會招致大眾反感的一派人馬。不過我媽有次讀了一篇雜誌文章，上頭提到早早出社會的兒童會背負什麼樣的十字架（與普通、理應值得嚮往的社會產生脫節），她於是對這件事採取了鋼鐵般堅定的立場，從來不曾動搖。（大多數，或者說所有「早早出社會」的兒童是不是該遭到放逐、接受憐憫，或視之為擾亂和平者，不帶感情地加以處死？這問題不適合現在探討，眼下我只告訴大家一個事實：我們靠《聰明寶貝》獲得的收入總和讓這個家的六個孩子一路讀完大學，第七個也即將靠這筆錢上大學了。）

我的大哥西摩（他是我在此徹底的、唯一的關注焦點）當時是個下士，在一九四二年，他的服役單位還叫陸軍航空兵團。他駐紮於加州的B-17基地，而我認為他在那裡的工作是中隊書記。我在此可能還要補充一件事，這並不算是一個附加說明：他是家中最不常寫信的成員。我認為我這輩子從他那收到的信不超過五封。

五月二十二或二十三日早晨（我家的人寫信從來不標注日期），有人將我妹布布捎來的信放到我在班寧堡軍營醫院的帆布床床尾，那時我的橫膈膜上纏著一圈膠帶（胸膜症患者通常會接受的治療程序，大概是可以防止他們咳到粉身碎骨吧）。磨難結束後，我讀了布布的信。信我還留在手上，以下逐字收錄：

親愛的巴迪，

我急著打包，因此這封信會很短，但**文字鋒利**。後方包夾將軍認定他必須飛到未知領域去支援戰爭動員，還說我如果表現良好，他就會帶我這個祕書過去。討厭死了。撇開西摩的事不提，飛過去就代表得住進寒冷空軍基地的半圓形鐵皮屋，被戰鬥員用幼稚的方式調戲，還有一大堆可怕的文件等著在飛機上把我搞得暈頭轉向。重點是，西摩要結婚了——**對**，結婚，所以請你聽好了。這趟我有可能落腳到任何地方，一去就是六個星期到兩個月。我見過那女孩。在我看來沒什麼料，不過長得很漂亮。我並不真的**知道**她沒料，我是說，我見她那晚，她說不到兩個字。就只是坐在那裡，微笑，抽菸，因此直接說她沒料並不公平。我完全不知道他們是怎麼交往的，只知道他們顯然是在西摩去年冬天駐守孟莫斯期間認識的。她媽令人受不了——各種藝術都沾一點，每個星期和優秀的榮格派精神分析師碰面兩次。（和她碰面那晚，她問了我兩次有沒有接受過精神分析。）她說希望西摩能和更多人建立**連結**，而且用同一口氣緊接著說她愛死他了等等的，有的沒的，還說多年來，他只要上廣播節目，她都會忠實收聽。我知道的就只有這麼多了，另外就是你**非去**婚禮不可。如果你不去，我永遠都不會原諒你。我是認真的。媽和爸無法從西岸過來。再說，法蘭妮得了麻疹。順帶一提，你上星期有沒有聽她上節目？她說了一大段好美麗的話，關於她四歲時趁沒人在家到處飛來飛去。新來的播音員比葛蘭特差勁——甚至比以前的蘇利文還糟，如果這真的可能的話。他說她肯定是**夢到**自己能飛。寶貝像天使一樣，立刻堅守立場，說她**很清楚**自己會飛，因為她落地後手上總是有灰塵，是摸燈泡時沾到的。我好想見她。我也好想見你。總之，你**非**得去婚禮不可。如果得擅離職守，那就擅離吧，拜託你**去**。六月四日，下午三點。地點在六十三街她奶奶家，某個法官會為他們公證。我不知道門牌號碼，但那是卡爾和艾美過去住處的隔壁的隔壁，他們過去享福時住的地方。我打算打電報給華特，但我猜他已經出海了。拜託你去參加，巴迪。他現在體重跟貓差不多，臉上掛著讓人無法搭話的恍惚神情。也許事情會有完美的結局吧，但我真恨一九四二年。我想我會基於一般原則，持續痛恨一九四二年直到我死的那一天。獻上我所有的愛，等我回來後見面吧。

布布

信寄達的幾天後，我獲准離開醫院，肋骨四周纏上三碼長的膠帶，可說是接受著某種監禁。接下來的一個星期，我費盡千辛萬苦才取得參加婚禮的許可。我最後是靠拚命討好中隊長才辦到的，他是不打自招的書蟲，最喜歡的作者恰好跟我一樣——L．曼寧．凡恩斯。或辛德斯。儘管我們有精神上的紐帶，我還是只能讓他吐出三天假，在最佳情況下剛好夠我搭火車到紐約參加婚禮，找個地方狼吞虎嚥地吃晚餐，然後沮喪地趕回喬治亞。

一九四二年火車座位車廂只是號稱有通風系統而已，就我印象而言，車廂內擠滿憲兵，充斥橘子汁、牛奶、裸麥威士忌。我整個晚上都在咳嗽，讀別人好心借我的《王牌漫畫》雜誌。列車駛入紐約（在婚禮當天下午兩點十分），我被車廂吐出來，整個人累壞了，滿頭大汗，衣服皺巴巴的，而且身上的膠帶讓我癢得要命，紐約熱得不可思議。我沒時間先回公寓，因此把隨身的行囊（總共只有一個看起來很沉重的小帆布拉鏈袋）放進賓州車站的其中一個金屬置物櫃。隨後還有更刺激的：當我在時裝區閒晃攔計程車時，有個通信兵團的少尉（我顯然忘了向他敬禮）穿過第七大道，突然掏出一支鋼筆，寫下我的名字、編號、地址，同時有好幾個平民興致昂然地旁觀。

我坐上計程車時已虛脫無力。我給了司機地址，讓他至少把我帶到「卡爾和艾美」的舊家。不過我們抵達那個街區後，事情就簡單了。跟著人群走就行了。那裡甚至搭了個帆布棚子。不久後，我進入一棟老舊的上流大宅，眼前出現了一名端莊、淡紫色頭髮的女子，她問我是新娘的朋友還是新郎的。我說新郎。「喔，」她說：「嗯，我們只會把大家聚集起來。」她發出相當無節制的笑聲，然後指了一個位置給我看，那似乎是擁擠大房間內的最後一把空摺疊椅。我已有整整十三年不曾回想那房間的物質性細節。除了它擠得水洩不通、熱到令人窒息之外，我只記得兩件事：有人在彈風琴，位置幾乎就在我的正後方；還有，坐我正右方的女人曾過轉頭來，熱情地對我說話，裝作是在耳語，但旁人都聽得見：「我是海倫．希爾斯本！」根據我們的座位位置研判，我猜她不是新娘的母親，但為求保險，我還是微笑、合群地點點頭。正當我準備說**我**是誰的時候，她高雅地在唇邊豎起一根手指，我們便一起面向前方。當時大約三點。我閉上眼睛，懷著些許戒心等待著。等風琴手不再彈配樂，轉而彈奏《羅恩格林[1]》。

接下來的一小時又十五分鐘是怎麼過的，我不是很清楚。我只知道一個根本的事實，那就是樂手並沒有演奏《羅恩格林》。我還記得有幾張陌生面孔時不時就鬼鬼祟祟地轉頭，想看是誰在咳嗽。我還記得我正右方的女士又對我說了一次話，而且是用同樣歡快的低語。「肯定是有些延誤。」她說：「你見過藍克法官嗎？他有**聖人**的面相。」我還記得風琴彈的音樂一度古怪地，幾乎可說孤注一擲地從巴哈切換成「羅傑斯與哈特」的初期作品。不過大致而言，很遺憾，我打發時間的方式就是深富同情地自己探我自己的病，可憐我竟得忍住不咳嗽。待在室內的期間，我有個怯弱的想法揮之不去：我可能就要腦出血了，或至少會搞斷一根肋骨，儘管我身上纏著膠帶束腹。

1　華格納的歌劇。〈婚禮進行曲〉即為劇中曲目。

到了四點二十分，或者更直率地說，在所有狀似具理性基礎的希望都消失後，又過了一小時二十分鐘——尚未結婚的新娘現身了，她低頭，爸媽跟在兩旁，扶她走出建築物，引導她孱弱地走下一段石階，來到人行道上。路邊並排停放著待命中的黑色釉亮出租車，而她接著被送進第一輛，看起來似乎是被一手接著另一手擺放進去的。那是極為圖像性的瞬間——八卦小報性的瞬間，而且一如所有同性質的瞬間，擁有一大票的見證人，因為所有婚禮賓客（我也在其中）已開始湧現到室外，不過他們都很穩重，三五成群，機警，毫不意外地瞪大著眼睛。如果要問這奇觀有無獲得些許緩頰，那天氣算是幫了點忙吧。六月陽光熾熱刺眼，彷彿在賓客與新娘之間設置了好幾個閃光燈，當她孱弱地走下石階時，她的身影在最該模糊的關頭都是模糊的。

新娘座車消失在現場了，至少形影已不在了。這時人行道上（尤其是帆布棚子的開口附近，以及路邊石上，我就是在那流連的人之一）的緊張氣氛也舒緩了。如果這棟建築是教堂、今天是星期日的話，旁人很有可能把這舒緩後的氣氛視為相當普通的散會雜沓。接著，十分突然地，某人（據說是新娘的艾爾叔叔）用加重的語氣宣布，婚禮賓客可以運用路邊停放的車輛，無論你是否要繼續接受款待，無論你的計畫是否有變。如果我附近的反應可做為參考，那在場眾人大多把他的提案視為一種「美麗的姿態」[2]。不過有件事不太能略去不提，那就是一般賓客得等到一票表情猙獰的人（所謂新娘的「近親」）搭上**他們**所需的交通工具離開現場後，才能「運用」剩下的車輛。接著，一段莫名神祕、彷彿充滿障礙的延遲時間過去了（我記得我一直杵在原地，很古怪），「近親」才總算開始大批遷徙，有的車載了多達六、七人，最少也有三、四人成群。我猜這些數字是由頭幾個上車者的年齡、態度、屁股寬度決定的。

---

2 此處原文用法文，beau geste。

突然間，有人臨走前向我提出一個明快的建議，於是我回過神時已進駐路邊，站在帆布棚子的開口，盡心盡力地扶大家上車。

我是怎麼被挑出來負責這項工作的？這值得小小的推敲。就我所知，那個身分不明、主動選我來幫忙的中年男子渾然不知我是新郎的弟弟。因此，他八成是基於更缺乏詩意的理由才挑我的，這推測應該合理。那年是一九四二年，我二十三歲，剛被徵召入伍。我突然想通了，對方單憑我的年紀、制服、肯定得當兵這個事實，還有橄欖綠厚呢布料的氣場，便毫無疑慮地判斷我適任看門小弟。

我當時不只是個二十三歲的小伙子，顯然還是個腦子有問題的二十三歲小伙子。印象中把人塞上車這檔事，我做得一點也不稱職。相反地，我虛偽地、軍校生式地裝出專心致志、盡忠職守的模樣。事實上，幾分鐘後，我強烈意識到自己是在迎合一個明顯比我蒼老、矮小、肥胖的世代，滿足他們的需求，於是我攙扶、關門的動作散發出更全面的虛假權威了。我開始表現得像一個格外靈光、全心投入，而且不停咳嗽的青年巨人。

不過當天午後的溫度起碼可用暴虐來形容，對我自己而言，我的服務所能提供的彌補肯定是愈來愈充不了場面了。

「近親」的陣仗似乎一點都沒有即將縮小的跡象，但突然間，我衝進了其中一輛剛有乘客坐上的車子，就在它開始要駛離路邊的瞬間。過程中，我的頭撞上車頂，發出清晰可聞的「喀」一聲（也許是一種報應吧）。車上的其中一個乘客不是別人，正是跟我有一面之緣的低語者，海倫．希爾斯本，她開始向我展現她無條件的同情心了。那「喀」一聲顯然傳遍了車內，不過我當時二十三歲，面臨眾目睽睽下受傷的情況，我只會用空洞、弱智的笑聲來應對，反正頭骨也沒裂開。我就是那種年輕人。

車子向西走，可說是直接駛向傍晚天空這個敞開的大熔爐。它過了兩個路口，抵達麥迪遜大道，然後大轉彎往北走。我感覺我們彷彿全靠無名司機的無窮機伶和高超駕駛技巧，才免於被太陽的駭人煙管套住的命運。

車子沿著麥迪遜大道北上，過頭四、五個路口時，車內對話主要不脫以下言論：「我給你的空間夠嗎？」還有：「我這輩子從來不曾熱成這樣。」我在路邊招呼大家時偷聽到不少交談內容，所以我知道「這輩子從來不曾熱成這樣」的小姐是伴娘。她大約二十四、五歲，壯壯的，身穿粉紅色綢緞洋裝，頭髮上別了一個勿忘我花的假花飾環。她散發出一股明確的運動員氣質，彷彿一、兩年前是大學體育系生。她在大腿上捧著一束梔子花，卻似乎當它是一顆洩氣的排球。她坐後排，屁股跟自己的丈夫和另一個小個子老人貼在一起，後者戴禮帽、穿常禮服，手拿一根沒點燃的純哈瓦那雪茄。希爾斯本太太和我則坐在司機後方的臨時座位，我們各自靠車內側的膝蓋碰在一塊，但毫無下流的成分。我在毫無藉口可用、未完全經過同意的情況下，打量了那個矮小的男人，兩次。我當初引導大家上車，為他開著車門時，曾短暫感受到一股衝動：我想將他整個人拎起來，輕輕塞入開啟的窗戶中。他就是「嬌小」的化身，身高肯定不到四英尺九英寸或十英寸，外貌不像矮人也不像侏儒。坐在車上時，他嚴肅地盯著自己前方。我第二次打量他時，發現他常禮服的翻領上有陳年污漬，看起來很像是肉汁造成的。我還注意到他的絲質禮帽距離車頂還有整整四、五英寸……不過在車上的頭幾分鐘，我大多時候主要關心的還是自己的健康狀態。除了胸膜炎和頭部瘀青之外，我還憂鬱地認定自己就快得鏈球菌性喉炎了。我坐在那，偷偷將舌頭往後捲，探索我感到不適的部位。我盯著正前方，看著司機的脖子背後，上頭有瘡疤形成的地形圖。印象中就是在這時候，和我一起坐臨時座位的乘客對我說：「在屋子裡的時候我沒機會問你。令堂過得還好嗎？你是迪基．布里根薩對吧？」

她發問時，我的探索性地往後捲的舌頭已深達軟齶。我縮回舌頭，吞口水，轉頭面向她。她五十歲，或者五十歲上下，打扮時髦而有品味。她用水粉餅上了厚厚一層妝。我回答不是——我不是。

她望著我，稍微瞇起眼睛，說我看起來跟賽莉亞·布里根薩的兒子一模一樣，尤其是嘴巴附近。我試著用表情告訴她，這種錯誰都有可能會犯。接著我又回過頭去盯著司機的脖子後方了。車內安靜無聲，我望出窗外，希望眼前的場面有些變化。

「當兵當得還開心嗎？」希爾斯本太太問道。開口得突然，閒聊味濃厚。

我在那當下咳了幾聲，咳完後轉頭面對她，用我僅存的熱誠說我結交了許多好夥伴。我要轉身面對她有些困難，因為我的橫膈膜上纏著膠帶。

她點點頭。「我認為你們都棒呆了。」她說，有點令人摸不著頭緒。「你是新娘的朋友，還是新郎的？」她接著問，小心翼翼地關心起基本事實。

「呃，事實上我不是誰的朋友——」

「你最好別說你是**新郎**的朋友。」坐後排座位的伴娘打斷我。「我想逮住他**兩分鐘，兩分鐘**就夠了，就能搞定了。」

希爾斯本太太短暫但整個人轉過頭去，衝著說話者微笑。接著她又轉頭面向前方了。事實上，我和她轉頭又轉回來的動作幾乎一致。考慮到希爾斯本太太只轉過頭去一瞬間，她向伴娘展露的微笑可說是臨時座位式的傑作。它夠活潑，得以表現出她和世界各地所有年輕人之間的無盡情誼，尤其是和這些帶勁、直言不諱的地方代表性青年之間的深厚連結，儘管旁人把她介紹給他們時的態度很有可能近乎敷衍，甚至根本沒人介紹過雙方認識。

「嗜血少女。」有個男人咯咯笑道，希爾斯本太太和我又再度轉過頭去了。說話者是伴娘的丈夫，坐在我正後方，他妻子的左方。他和我短暫交換了空洞、不友善的眼神，而在這個暴飲暴食現象遍行的一九四二年，可能只有軍官和二等兵會如此對望了。身為通訊兵團少尉的他，戴著一頂十分有趣的航空兵團飛行帽——一頂有眼罩的帽子，帽冠內的金屬結構被拆了下來。那金屬結構原本會賦予大膽無畏的相貌，應該是刻意設計的吧。然而，他這頂帽子根本沒有如此效果，唯一的功能彷佛只有讓我巨大、標準規格的帽子顯得像某人萬分緊張地從焚化爐中挖出來的小丑帽。他臉色蠟黃，基本上看起來像是處於受驚狀態。他流汗的量大到不可思議——額頭、上唇，甚至鼻子下端都有汗珠，已到了可能得吃鹽錠的程度了。「我娶了放諸六國最血腥的少女。」他對希爾斯本太太說，然後又對眾人發出一陣柔和的格格笑聲。我自動服從於他的軍階，幾乎立刻就跟著發出咯咯笑——短促、愚蠢、局外人兼受徵召入伍者的咯咯笑，清楚指出我和他以及車裡的所有人都是同一國的，沒要跟誰槓上。

「我是**認真**的。」伴娘說：「兩分鐘就好——就能搞定了，老兄。喔，真希望我這雙小手可以——」

「好，先放輕鬆，放輕鬆。」她丈夫說，夫妻間顯然有用之不竭的幽默。「放輕鬆就是了。妳會撐比較久。」

希爾斯本太太再度面向車後方，她的微笑彷彿要將伴娘封為聖徒了。「有誰在婚禮上見到男方的人嗎？」她輕聲問，只在人稱代名詞那裡稍微加重語氣——彬彬有禮而無逾越。

伴娘的回答帶刺：「**沒有**，他們全都在**西岸**之類的。我真希望**碰到**他們。」

她丈夫再度咯咯笑。「如果妳碰到了，妳會怎麼做呢？親愛的？」他問——並隨興地向我眨了個眼。

「呃，我不知道，但我會有所行動。」伴娘說。她左方的咯咯笑變得更響亮了。「呃，我**會**！」她堅持：「我是說，我會對他們說點什麼。我的天啊。」她的態度愈來愈沉著，接下丈夫一次次拋來的問題，彷彿感覺到四周聽得到她說話的人，正試圖從她的正義感中挖掘某種直截了當（膽大包天）到產生了魅力的成分，不管那正義感有多麼不世故或不切實際。「我不知道我會說**什麼**。我八成只會嘰哩呱啦地吐出一串蠢話。但我的**天**啊，說真的！我沒辦法眼睜睜看別人犯下徹頭徹尾的謀殺罪，然後全身而退。那會讓我血液沸騰。」她暫停她的激動表態，這空檔剛好夠她目睹希爾斯本太太被誘發的同理心，並受此鼓舞。臨時座位上的希爾斯本太太和我現在完全轉過頭去了，全面展開應酬態勢。「我是**認真**的，」伴娘說：「你不能**橫衝直撞**地過活，想傷害別人的感情時就隨便傷害別人。」

「可惜我對那個年輕人了解甚少。」希爾斯本太太輕聲說：「事實上，我根本沒見過他。我最早得知穆瑞爾訂婚時——」

「**沒人**見過他。」伴娘說，語氣頗為火爆：「**我**也沒見過他。我們排演了兩次，兩次都由穆瑞爾可憐的爸爸代替他的位置，就因為他那有病的飛機不起飛。他原本應該要搭那有病的軍機，在上星期二晚上飛到這裡才對，但他碰上**大雪**還是什麼該死的狀況，在科羅拉多，還是亞利桑那之類的鬼地方，最後在**昨晚凌晨**一點才到。**然後呢**——在三更半夜的鬼時間，他從長島之類的地方打電話給穆瑞爾，說他想在某個爛旅館的大廳和她碰面**談談**。」伴娘盛氣凌人地聳聳肩說：「你們也知道穆瑞爾的為人，她人太好了，任何人和他們的弟兄都可以牽著她走。這就是讓我不爽的地方。最後受傷的總是這種人……總之，她穿好衣服、搭上計程車，在那個爛旅館的大廳和他談到凌晨**四點**四十五分。」伴娘短暫放開她握的那束梔子花，時間剛好夠她在大腿上方緊握雙拳。「喔——讓我氣死了！」她說。

「哪家旅館？」我問伴娘：「妳知道嗎？」我盡可能讓語氣聽起來像在閒話家常，彷彿我爸也在旅館業，而我對一般人到紐約落腳何處感興趣是基於孝道，是說得通的。實際上，我的問題幾乎不具備任何意義，這只算是把腦海中的念頭大聲說出來罷了。我很好奇我哥會約未婚妻在哪個旅館的大廳碰面，儘管他明明有個空蕩蕩的、閒置的公寓。這邀約透露出的道德觀絕非不合乎我哥的性格，但它就是令我感興趣，些許的興趣。

「我不知道哪家旅館。」伴娘不耐地說：「某家**旅館**就是了。」她瞪著我。「怎麼？」她質問：「你是他朋友嗎？」

她的瞪視有極度令人膽怯的成分，彷彿來自一個獨挑大梁的女暴徒，她只是時候未到、僥倖命大，才得以拎著編織袋，享受斷頭台的絕佳視野。我一輩子都怕暴徒，任何一種暴徒。「我們是兒時玩伴。」我回答，含糊到旁人聽不懂。

「呃，你真好運啊！」

「好囉，好囉。」她丈夫說。

「呃，真是**不好意思**。」伴娘對他說，但向著我們所有人。「不過你並沒有在房間裡看那可憐的孩子哭整整一個小時，哭到眼珠子都要掉出來了。你別忘了，那一點都不好笑。我聽說有的新郎會腳底抹油，但他們不會在**最後一刻**那麼做。我是說，他們不會那樣做，以免讓一整票大好人陷入尷尬，以免讓一個女孩子差點徹底精神崩潰等等的！如果他改變了**心意**，為什麼不寫信給她？為什麼不至少用紳士一點的方式斬斷這段關係？老天啊。為什麼不在所有傷害造成前行動？」

「好啦，放輕鬆，放輕鬆。」她丈夫說。他的咯咯笑聲健在，但聽起來有點緊繃。

「呃，我是認真的！為什麼他不能像個男人，寫信給她把話講明，避免這個悲劇發生？」她突然望向我。「你知道他在哪裡嗎？也許你會有想法？」她質問，嗓音帶著金屬的質地。「如果你是他兒時玩伴，你應該會——」

「我兩個小時前才進紐約。」我緊張地說。現在不只伴娘，連她老公、希爾斯本太太都盯著我了。「目前為止，我連摸到電話的機會都沒有。」印象中，我在這一刻咳了好一陣子。不是裝出來的，但我得說，我沒花什麼力氣去抑制它或縮短它。

「你這咳嗽給醫生診斷過了嗎？士兵。」少尉在我咳完後問。

在這瞬間，我又咳了起來——奇怪的是，這也完全是真咳。我在臨時座位上仍採取半轉身或轉四分之一的姿勢，身體往車前方閃，盡可能顧及衛生禮儀地咳嗽。

這麼做似乎會招來嚴重的混亂，但我認為在此有必要插入一段文字來回應一些棘手問題。第一，為什麼我要上車？撇開所有偶發性的思慮不提，這輛車據稱會將所有乘客載到新娘雙親的公寓去。不管我從沮喪、沒能結婚的新娘或她心煩意亂（且很有可能勃然大怒）的雙親那裡獲得多少第一手或二手資訊，都不可能彌補我出現在公寓中所造成的尷尬。那為什麼我要繼續坐在車上？為什麼我不下車？比方說，我可以趁車子停紅燈時離開。更顯著的問題是，我當初為什麼要跳上車？……對我而言，這些問題似乎至少有一打答案，而且每一個都是有根據的，無論那根據有多薄弱。不過我想，我可以省略它們不提，重申一件事就好：那一年是一九四二年，我二十三歲，剛獲徵召入伍，剛被灌輸緊跟群體走有何效用——而且最重要的是，我很寂寞。在我看來，人就是會跳上一台載了其他人的車，和他們同行。

回到故事主線，我還記得他們三個人（伴娘、她丈夫、希爾斯本太太）不約而同瞪著我、看我咳嗽時，我瞥了一眼後座的矮個子老先生。他的視線依舊鎖定自己的正前方。我還注意到他的腳碰不太到地面，心中幾乎生出一股感激之情。它們看起來就像我的老朋友，重要的朋友。

「話說，這傢伙到底是**做**什麼的？」伴娘在我咳完第二輪後發問。

「妳是指西摩嗎？」我說。起先，從她的態度轉變來看，她的心中顯然浮現了一些格外可恥的想法。接著我突然驚覺（這完全是我的直覺）：她也許默默掌握了一些跟西摩有關的，五花八門的個人事蹟，也就是那些粗鄙、誇張到令人悔恨、（個人認為）基本上很容易引起誤會的事實——他孩提時期曾經當過比利．布拉克六年，一個全國性的電台「名人」，或者比方說，他十五歲那年就成了哥倫比亞大學的新鮮人。

「對，**西摩**。」伴娘說：「他從軍前在幹啥？」

我的直覺再度擦出燦爛的小火花。我認為基於某種原因，她知道的事情比她表現出來的還多。比方說，她似乎很清楚西摩在入伍前教過英文——當過教授。**教**

授。事實上，我看著她，有一瞬間心中浮現了一個非常不自在的念頭：她可能甚至知道我是西摩的弟弟。沉溺於那個念頭是不對的。我轉而看著她，不怎麼堅定地看著她，說：「他是個足科醫生。」接著，我倏地轉過頭去，望向我這側的窗外。車子已經靜止好幾分鐘了，這時我才注意到遠方有軍鼓聲傳來，大概是來自萊辛頓大道或第三大道。

「是遊行！」希爾斯本太太說，她也轉過頭來了。

我們在八十好幾街。一名警察駐守在麥迪遜大道中間，擋下南北雙向車流。就我所見，他就**只是**攔下車子，沒要引導它們往東或往西走。有三、四輛車子和公車等著南下，不過我們剛好是唯一一輛往上城區走的車子。在最近的街角，以及一條通往第五大道上城區的小街道，在我舉目所及的範圍內，路人沿著路邊石和人行道站成兩、三排，顯然在等待軍隊，或護士，或童子軍，或諸如此類的分隊離開萊辛頓大道或第三大道上的集合點，行進通過他們眼前。

「喔，**天啊**，妳不會現在才知道吧？」伴娘說。

我轉過頭去，差點撞上她的頭。她探出身子，擠到希爾斯本太太和我之間的空隙。希爾斯本太太也轉向她，表情熱切又難受。

「我們搞不好會在這裡卡**好幾個星期**。」伴娘伸長脖子，望出駕駛座的擋風玻璃。「我**現在**就該到了。我已經跟穆瑞爾和她媽說我會坐第一批車子，**五分鐘**左右就會上樓了。喔，神啊！我們不能**做**點什麼嗎？」

「我也該到了。」希爾斯本太太說，接得相當快。

「對，但我很嚴肅地向她做過**保證**。公寓裡將會擠滿各種瘋狂的長輩親戚和徹頭徹尾的陌生人，我跟她說我會拿十把刺刀守著她，確保她擁有一點點隱私，然後——」她打住了。「喔，天啊，這實在太糟了。」

希爾斯本太太發出小小的、生硬的笑聲。「我恐怕就是那瘋狂的舅媽之一。」

她說，顯然覺得被冒犯了。

伴娘看著她。「喔——抱歉，我不是指妳。」她說，並退回座位上坐好。「我只是要說那公寓很小，如果所有人都一批批湧向她……妳懂我的意思。」

希爾斯本太太不發一語，我也沒望向她，確認她被伴娘的發言冒犯到什麼地步。不過我記得，當伴娘為她的「瘋狂長輩親戚」失言道歉時，她的語氣令我心中升起一股欽佩感，真是奇了。那道歉很真誠卻又不尷尬，更棒的是，並沒有諂媚的感覺。我一度覺得，她**確實**有某種近似刺刀的特質，並非毫無值得仰慕之處，儘管她誇大憤慨，賣弄地咬牙切齒。（我快速、欣然地承認，我在這情況下的意見沒什麼參考價值。道歉不過頭的人經常對我產生過度的魅力。）不過重點是，在那當下，眾人對失蹤新郎的一小波偏見首度向我襲捲。他們譴責他的無故缺席，而那波譴責末端的、依稀可辨的浪花掃到了我。

「來看看我們有沒有辦法做點什麼吧。」伴娘的丈夫說。那頗像是一個男人在槍林彈火中刻意保持冷靜時的語調。我感覺到他在我身後著手部署，接著，他突然把頭探入希爾斯本太太和我之間的有限空間。「司機。」他專斷地說，等待回應。對方迅速應答，他的嗓音於是拉得更長了一些，聽起來更民主一點：「你覺得我們會在這裡卡多久？」

司機轉過頭去。「你問倒我了，老兄。」他說，並回頭看前方。他全副精神都放在路口發生的事情上。一分鐘前，有個小男孩手拿有些洩氣的紅氣球，衝到已淨空、禁止進入的街道上。他剛被父親逮住，拖回路邊石上。父親只朝他兩塊肩胛骨中間招呼了不怎麼大方的兩拳，其他民眾正直地向他發出噓聲。

「你們有沒有**看到**那男人對那**孩子**做了什麼？」希爾斯本太太質問所有人，沒特別對誰說。沒人回答她。

「要不要問警察我們應該會被攔多久？」伴娘的丈夫對司機說。他仍前傾著身體，顯然對司機早先的簡短回答感到不滿。「我們有點趕時間，懂我意思吧？你覺得你能不能去問警察一下，看我們會在這裡卡多久？」

司機沒轉頭，粗魯地聳聳肩。不過他熄了火，下車，重重甩上大禮車的車門。他看起來不修邊幅，壯得像牛，穿著半套司機制服——黑色嗶嘰布西裝，但沒戴帽子。

他走得很慢，步調獨立，更不用說有多傲慢了。他朝十字路口移動數步，那裡有個高階警官在發號施令。兩人接著站在那裡聊了起來，聊了幾百年。（我聽到伴娘在我身後發出抱怨的吼聲。）接著，突然間，兩人爆出一陣大笑——彷彿他們根本沒在對話，只是在交換一些又短又下流的笑話。接著我們的司機（仍笑著，他的笑毫無感染力）友好地向警察揮了一下手，緩緩走回車邊。他坐進來，甩上門，從儀表板的置物架上拿起一包菸，抽出一根，塞到耳後，然後這才終於轉過頭來向大家報告。「他不知道。」他說：「我們得等遊行隊伍通過才行。」他冷淡地敷衍我們，我們所有人。「之後就可以了。」他面向前方，拿起耳朵上的菸，點燃。

車後方的伴娘發出響亮而短促的嘆氣，表達她的挫敗與惱怒。接著是沉默。睽違數分鐘，我再度轉頭瞄向那個拿雪茄但沒點燃的小個子老頭。這延遲似乎沒對他造成影響。他坐在車後座的標準儀態似乎是固定不變的——不論他是坐在移動的車子或靜止的車輛上，（你忍不住會想像）甚至是在衝下橋梁墜河的車上。事情簡單得棒翻天。你只需要坐得筆挺，讓禮帽與車頂保持四、五英寸的間距，然後惡狠狠地瞪著擋風玻璃就行了。如果死神（他總是在外頭，可能就坐在引擎蓋上），如果死神奇蹟式地穿過玻璃找上你，你很有可能會直接起身跟他走，惡狠狠地，但安靜地。你很有可能會帶著雪茄上路，如果那是純哈瓦那雪茄的話。

「我們該怎麼辦？就坐在這嗎？」伴娘說：「我好熱，快熱死了。」希爾斯本太太和我轉過頭去，剛好看到她正眼看自己丈夫的模樣。這是兩人上車後，她第一次正眼看他。「你不能再過去一點點嗎？」她對他說：「我在這裡好擠，快要不能呼吸了。」

少尉咯咯笑，情感豐富地攤開雙手。「我根本已經坐在擋泥板上囉，小兔子。」他說。

伴娘望向她隔壁另一個乘客，表情混合了好奇與非難。另一個人彷彿無意識地熱衷於逗我開心似地，占據的空間遠比他所需要的還多。他的右側屁股和外側扶手的底部之間還有整整兩英寸的空隙。伴娘一定也注意到了，這毫無疑慮。不過她沒有足夠的勇氣向那個令人畏懼的小矮子開口，儘管她已渾身是膽。她轉頭面對丈夫。「你拿得到你的菸嗎？」她不爽地說：「我們擠成這樣，我永遠拿不出菸。」她再度轉頭，短暫地對那矮子使了個意味深遠的眼色。他有罪，他竊占了原本她有權使用的空間。他依舊崇高孤絕，繼續瞪著正前方，司機面前的擋風玻璃。伴娘望向希爾斯本太太，意有所指地抬起眉毛。希爾斯本太太回以理解、同情的表情。在此同時，少尉將身體重心放到左側，或者說靠窗那側的屁股，從淡粉紅色軍官制服褲的右口袋掏出一包菸和一盒火柴。他太太拿了一根菸，等火，火也立刻就來了。

希爾斯本太太和我看著香菸的火光，彷彿那是有些令人陶醉的新奇事物。

「喔，請原諒我。」少尉突然說，並將那包菸遞向希爾斯本太太。

「不用了，謝謝，我不抽菸。」希爾斯本太太連忙說——語氣幾乎帶著悔恨。

「士兵？」少尉將那包菸呈到我面前。他猶豫了一下，但那是幾乎察覺不到的猶豫。老實說，我還挺欣賞他向我提議的，一般性禮儀打敗了階級制度，取得小小的勝利。不過我拒絕他的菸了。

「我可以看看你的火柴嗎？」希爾斯本太太說，用的是極為不同先前的，近乎小女孩的嗓音。

「這個嗎？」少尉說，欣然地將火柴遞給希爾斯本太太。

在我專心的注視下，希爾斯本太太檢查著火柴。它的緋紅色外殼上印著金色字母：「這火柴是從巴伯和艾迪．伯威克家偷來的。」「真漂亮。」希爾斯本太太搖著頭說：「真的很漂亮。」我試著用表情表示，沒有眼鏡大概看不到上頭的題字；我瞇眼，保持中立地瞇眼。希爾斯本太太似乎不太想把火柴交還給主人。最後她不得不交出去，而少尉改將火柴放到緊身短上衣的胸前口袋。希爾斯本太太說：「我想我從沒見過那種火柴。」她在臨時座位上，幾乎整個人都要轉往後方了。她相當深情地凝視少尉的胸前口袋。

「我們去年訂製了一堆。」少尉說：「事實上我們很驚訝，訂做一堆之後，用都用不完。」

伴娘轉身面向他——或者說靠上他。「我們不是為了**那個**才請人做的。」她說，並用表情告訴希爾斯本太太「妳知道男人就是這樣」，然後說：「該怎麼說呢，我只是覺得這樣很可愛。老掉牙，但很可愛。妳懂我意思。」

「那很漂亮。我想我從來沒——」

「事實上，這不是什麼創舉，現在大家都會去請人做火柴了。」伴娘說：「其實呢，我的靈感最初是來自穆瑞爾的爸媽，他們家到處都有放。」她吸了一大口菸，然後繼續說話，煙霧隨著音節小口小口地噴出。「**天呀**，他們真是大好人。所以這整件事才讓我痛苦得**要命**。我的意思是，為什麼不是世上那些討厭鬼碰到這種事，而是好人倒楣呢？我不懂。」她望向希爾斯本太太，等待答案。

希爾斯本太太露出一個世故、疲憊又神祕的微笑——在我印象中，那簡直像是臨時座位上的蒙娜麗莎。「我也經常納悶。」她若有所思地輕聲說，接著相當含糊地提到：「穆瑞爾的媽媽是我已逝丈夫的小妹，妳懂的。」

「喔！」伴娘很感興趣地說：「呃，這個嘛，**妳懂的**。」她伸出格外修長的左手，將菸灰彈到她丈夫那側窗戶附近的菸灰缸內。「我真心認為，在我這輩子見過的人當中，她算是屈指可數的大好人之一。我是說，歷史上的任何印刷品她都讀。我的天啊，我要是能讀那女人讀過的東西的十分之一再忘個精光，我一定會很開心。我是說，她**教過書**、在**報社**工作過、設計自己的**衣服**，每一件**家事**都自己來。她煮的菜像是**天上**的佳餚。天啊！我真的認為她是最——」

「她同意這樁婚事嗎？」希爾斯本太太插嘴說：「呃，我這麼問是因為我在底特律待了好幾週，我的嫂嫂突然過世了，我——」「她人太好了，沒說什麼。」伴娘語氣平板，搖搖頭說：「我是說，她太……妳也知道，太**審慎**了。」她思考了一下。「事實上，今天早上是我唯一一次聽她對這件事表達不滿，我說真的。她開口也只是因為她為可憐的穆瑞爾感到沮喪。」她伸手，再度點掉菸灰。

「她今天早上怎麼說？」希爾斯本太太熱心地問。

伴娘似乎思考了一會兒。「呃，說得不多，真的。」她說：「我是說，沒什麼小心眼的、貶低人的話。真的，她只說，在她看來，西摩是一個隱性的同性戀，基本上害怕婚姻。呃，她沒說這很糟之類的。她那話只是……就那個嘛，只是智慧的展現。呃，她幫自己做精神分析已經做好幾年了。」伴娘望向希爾斯本太太。「沒什麼**祕密**之類的。我是說，費德太太會親自告訴妳，所以我不會透露什麼祕密。」

「我知道。」希爾斯本太太迅速接話：「她是最不會——」

「我是說，重點是，」伴娘說：「以她的為人，她不會直接跳出來說那種話，除非她很清楚自己在談的事情。要不是可憐的穆瑞爾那麼……呃，那麼難過，她永遠、永遠都不會說那種話的，**根本**就不會。」她嚴肅地搖頭說道：「天啊，妳應該看看那孩子有多可憐。」

毫無疑慮地，我應該要描述我對伴娘發言的主旨大致上有何反應，但我想暫時跳過，還請讀者見諒。

「她還說什麼？」希爾斯本太太問：「我是指蕾雅，她還說了什麼？」我沒看著她（我的視線無法從伴娘臉上別開），但我的腦海閃過一個荒誕的畫面——希爾斯本太太幾乎坐到了說話者的大腿上。

「不，沒什麼，幾乎沒多說什麼了。」伴娘思索著，搖搖頭說：「呃，就像我說的，要不是可憐的穆瑞爾沮喪成那樣，她根本什麼都不會說——不會在四周站了人的狀況下說什麼。」她再度點掉菸灰。「她只另外說了一件事，那就是西摩真的有精神分裂問題，如果往好的方面看，事情的發展其實是對穆瑞爾有好處的。我覺得很有道理，但我不確定穆瑞爾會不會這樣想。他把她耍得**團團轉**，讓她不知道究竟該進該退，這讓我非常——」

她在這時被打斷了，打斷她的人是我。印象中，我的嗓音很不安定，每當我極度沮喪時就一定會這樣。「費德太太基於什麼，而認定西摩是隱性的同性戀，還有精神分裂問題？」

所有眼睛（它們彷彿全都像聚光燈一樣），伴娘的、希爾斯本太太的，甚至少尉的眼睛，都突然鎖定到我身上了。「什麼？」伴娘對我說，語氣尖銳，隱約帶著敵意。一個折磨人的念頭再度閃過我腦海：我覺得她知道我是西摩的弟弟。

「費德太太基於什麼，而認定西摩是隱性的同性戀，還有精神分裂問題？」

伴娘瞪著我，然後虎虎生風地對我哼了一聲。她轉過頭去，以極盡嘲諷的發言討希爾斯本太太開心。「妳會說要出今天這種花招的人是**正常**人嗎？」她抬起眉毛，等待回應。「妳會嗎？」她輕聲提問，輕聲地。「妳老實說吧，我只是問問，替這位先生發問。」

希爾斯本太太的回答很溫和、很公正，簡直是這兩個詞的化身了。「不，我肯定不會。」她說。

我突然有股強烈的衝動，我想跳出車外，全力奔跑，跑往哪個方向都行。不過印象中，當伴娘再度對我說話時，我人仍在臨時座位上。「聽著，」她的語氣充斥著虛假的耐心，當一個老師面對既愚蠢、鼻水又醜陋地流個不停的學童時，會展現的那種虛假耐心。「我不知道你有多了解人性，但哪一個心智正常的人，會在結婚前一晚抓著未婚妻一整晚，胡扯說他太**幸福**了無法結婚，要她將婚禮延期到他狀態**穩定一點**，否則他就不能出席？**然後呢**，等未婚妻把他當成**孩子**似地向他說明這一切都安排、規畫了好幾個月，她爸支出了龐大的開銷、解決了重大的問題，才舉辦這個婚禮等等，還有她的親友從**全國**各地都來了——**然後呢**，她解釋完這些之後呢，他說他非常抱歉，但他必須等到**幸福感**沒那麼強烈以後才能結婚，或類似的屁話！現在，不介意的話，請你動動你的腦。那聽起來**正常**嗎？那聽起來像是心智健全的人會說的話嗎？」她的聲音此時變得很尖銳，「還是說，那聽起來比較像該被關進精神病院的人說的話？」她凶狠地望著我。我沒立刻開口辯駁或認輸，她便一屁股坐到座位上，對她丈夫說：「請再給我一根菸，這玩意兒會燒到我。」她將燃燒的一小截菸遞給他，他幫她捻熄。他接著又掏出了他的菸。「你幫我點，」她說：「我沒力了。」

希爾斯本太太清了清喉嚨。「在我看來，」她說：「事情生變像是一場災難，但其實是上天的祝——」

「我問**妳**，」伴娘又生出了新的衝勁問她，同時從丈夫手中接過剛點好的菸。「妳覺得他像是個正常人嗎？像是個正常的**男人**嗎？還是比較像**從來不曾長大**的小鬼，或徹底抓狂的瘋子？」

「天啊，我不知道該怎麼說，真的。我只覺得事情生變像是一場災難，但其實是上天的祝——」

伴娘突然往前坐，動作敏捷，鼻孔呼出菸氣。「好啦，別管了，接下來一分鐘先別去想那些——我不需要。」她說。她對著希爾斯本太太說，但實際上，她是看著希爾斯本太太的臉在對我說話，可以這麼說。「妳有沒有在電影裡看過一個人？」她質問。

她報出一個職業演藝人員的名字，那人當時算是聲名遠播了，而現在，在一九五五年，她是相當知名的女演員兼歌手。

「有。」希爾斯本太太迅速回答，興味盎然地等待對方接下去。

伴娘點點頭。「好，」她說：「妳是否剛好注意到，她的笑容有點歪歪的，只有半邊臉會笑的感覺？其實很容易注意到，只要妳——」

「對——對，我也注意到了。」希爾斯本太太說。

伴娘吸了一口菸，瞥了我一眼——只讓人隱約察覺得到的一眼。「嗯，某些局部癱瘓者就會那樣。」她吐出的每個字都伴隨著一小股煙霧。「妳知道她為什麼會變成這樣嗎？這個**正常人**西摩顯然揍了她一頓，害她的臉縫了九針。」她伸長手（這裡可以有更好的舞台指示，應該吧，但並沒有），再度點了一下菸灰。

「可以請教一下，妳是從哪聽來的嗎？」我說。我的兩片嘴唇微微顫抖著，像兩個蠢蛋。

「你可以請教。」她看著希爾斯本太太說，而不是看著我說。「穆瑞爾的媽媽湊巧在大約兩個小時前提到這件事，在穆瑞爾哭到眼珠都快掉出來的時候。」她看著我。「我是否回答到你的問題了？」她的右手突然把那束梔子花遞交給左手。到目前為止，我所觀察的她的一舉一動當中，就屬這動作最接近常見的緊張姿態。「順便講件事給你聽聽。」她看著我說：「你知道我覺得你是誰嗎？我覺得你是西摩的弟弟。」她等待我的回應，只等了極短的時間，看我不開口便說：「你**看起來**很像他，像他那張有病的照片。而我剛好知道他弟預定要來參加婚禮，他妹或是誰告訴穆瑞爾的。」她的視線牢牢鎖定著我的臉。「你是他弟弟嗎？」她直率地問。

當我回答時，我的聲音聽起來有點岔開。「對。」我說。我的臉發燙著。不過就某個角度而言，我覺得我自我認同的模糊度下降了無限多，若跟我午後走下火車後的狀態相比的話。

「我**就知道**你是。」伴娘說：「我並不**笨**，懂我意思吧。你一上車我就知道了。」她轉頭看她丈夫。「我是不是一上車就說他是他弟？我說過吧？」

少尉稍微調整了一下坐姿。「呃，妳說他八成是——對，妳說了。」他說：「妳說過了，對。」

不用望向希爾斯本太太，就能感受到她對於這最新的發展有多投入。我瞄向她身後，偷偷地，看著第五名乘客——那個矮小的老人，看他是否維持著他的孤立狀態。他還是老樣子。除了他之外，從來沒有任何人的疏離曾帶給我如此巨大的慰藉。

伴娘回頭對我說：「再說件事給你參考。我也知道你哥不是足科醫師，所以別耍花招了。我正巧知道他就是《聰明寶貝》的比利．布拉克，他當那節目的來賓當了**五十幾年**之類的吧。」

希爾斯本太太突然在對話中扮演起更主動的角色。「妳是說那個電台節目嗎？」她問道，而我感覺到她看我的時候透露出更新鮮、更強烈的興趣。

伴娘沒回答她。「**你**是哪一個？」她對我說：「**喬治**．布拉克？」她的語氣混合了粗鄙和好奇，十分有趣，甚至可能有解除戒心的效果。

「喬治．布拉克是我弟華特。」我只回答她的第二個問題。

她轉頭對希爾斯本太太說：「我接下來要告訴妳的應該是個祕密。這男人和他哥**西摩**用假名參加了那個電台節目，自稱是**布拉克**家的孩子。」

「放輕鬆，寶貝，放輕鬆。」少尉提出建議，語氣頗為緊張。

他太太轉向他。「我**不會**放輕鬆。」她說──我的心違背了我的所有表層意識，再度對她的膽識升起一股近乎景仰的情緒，不管那膽識是否堅實。「他哥應該聰明到不行才對，老天。」她說：「**十四歲**左右就上了大學，還有些有的沒的紀錄。如果他今天對那孩子採取的舉動叫聰明，那我就是聖雄甘地了！我管他去死，我想到就快吐了！」

就在這時，我不舒服的感覺增加了少許。有個離我很近的人正在仔細檢視我的左臉，或者說比較鬆垮的那一側。是希爾斯本太太，當我突然轉頭看她時，她稍微嚇了一跳。「請問，你是比利．布拉克嗎？」她說。她的語氣帶著某種畢恭畢敬，一度令我覺得她就要遞給我一支鋼筆和一本摩洛哥皮革書皮的小小簽名本了。這稍縱即逝的想法令我相當不自在──別的不提，光是一件事就好：當時是一九四二年，我在商業世界的全盛期已是九年、十年前的事了。「我這麼問是因為，」她說：「我丈夫以前每一集都會聽——」

「有件事也許你會想知道。」伴娘打斷她，看著我說：「那是我一直以來都很痛恨的電台節目。我痛恨早熟的小孩。如果我有個孩子他——」

我們都沒聽到句子的後半。突如其來且斬釘截鐵地，她被我聽過最刺耳、最震耳欲聾的一聲爆音降E打斷了。車上所有人都嚇了一跳，不誇張，我很確定。在那一刻，一支鼓號樂隊從旁經過了，它似乎由一百個，或甚至更多個音痴好童軍組成。男孩們放縱到近乎怠忽職守的地步，直接衝撞〈星條旗進行曲〉的側翼。希爾斯本太太雙手掩耳，非常明智。

宛如永恆的某幾秒鐘內，那喧囂不可思議到了極點。只有伴娘的聲音可能壓過它——或者說，在眼下而言，只有她會試圖出聲壓過它。當她這麼做時，旁人可能會以為她是從非常遙遠的地方呼喚我們，顯然是出盡了全力。比方說，可能是從洋基體育館的露天座位區附近出聲的。

「我受不了了！」她說：「我們下車找個地方**打電話**吧！我得打電話給穆瑞爾，說我們在路上耽擱了！她會抓狂的！」

由於區域性的末日降臨了，希爾斯本太太和我稍早都已轉頭面向車前方好見證它。如今我們在臨時座位上再度轉頭朝向車尾，面對我們的領袖。我們的解救者，可能吧。

「七十九街上有家施拉弗特！」她對希爾斯本太太咆哮：「我們去那裡喝杯汽**水**，然後我就可以在那裡打**電話**了！那裡至少有空調！」

希爾斯本太太激動地點點頭，用嘴形說：「好！」

「你也來！」伴娘對我吼道。

印象中，我展現出**非常**古怪的自發性，吼了一個徹底放肆的字眼回去給她：「好！」（直到今天，要解釋伴娘的棄船邀約為何有我的份，仍不是一件簡單的事，可能只是因為天生領袖自然都有一種條理性，而那條理性驅使她行動。她可能有股幽微但具強制性的衝動，想打造一支完整的登陸小隊。而我覺得我當初異常迅速接受邀約，是比較容易解釋的。我偏好將它視為基本的宗教性衝動。在某些禪宗僧侶之中，一個人對另一個人說「你好！」時，後者必須立刻回應，不得思考。這是一條基本規則，甚至可說是唯一嚴肅的強制性規則。）

伴娘轉過頭去，首度直接向她旁邊那位矮個子老人搭話。他仍瞪著自己的正前方，彷彿他獨自享有的景象沒有任何細微的變化，這帶給我無盡的滿足。他沒點的純哈瓦那雪茄仍鉗在兩指之間。由於他顯然對經過車旁的鼓號樂隊發出的可怕喧囂毫不在乎，又基於（大概吧）一個無情的原則，那就是超過八十歲的老人要不是全聾就是重聽——伴娘將雙唇湊到離他左耳一、兩英寸的位置。「我們要下車了！」她對著他大吼——幾乎是朝著他身體內部吼。「我們要去找個地方打電話，可能也會稍微吃點東西！你要跟我們一起去嗎？」

老人的即刻反應一點也不光采。他先看了伴娘一眼，然後望向我們其他人，咧嘴笑了。這笑容一點道理也沒有，但這無損它的燦爛。他顯然裝著美麗卓越的假牙，這也無傷大雅。他好奇地瞥了伴娘一眼，笑容仍完美地掛在臉上。或者說，他更像是指望著她——彷彿他認為伴娘或者我們當中有個人擬了可愛的計畫，準備將一個野餐籃傳遞給他，我是這麼想的。

「我覺得他沒聽到妳說話，寶貝！」少尉大喊。伴娘點點頭，再度把自己的嘴當成大聲公似地湊到老人耳邊。她用真的很值得讚賞的音量再度向老人提出邀約，請他和我們一起下車。再次地，他表現出極度願意遵從世上任何建議的模樣，不誇張——要他小跑步過東河泡個水可能也沒問題。但這次也一樣，旁人來看都會不安地認定他一個字都沒聽進去。突然間，他證實了這件事。他衝著我們所有人大大咧嘴而笑，舉起握雪茄的那隻手，別有深意地以其中一根手指點點嘴巴，然後再點點耳朵。那手勢，在他動作的當下，彷彿跟某個他想全力與我們分享的一流笑話有關。

就在這時，我身旁的希爾斯本太太顯露出小小的、清楚可見的，恍然大悟的跡象——她差點跳了起來。她觸碰粉紅綢緞包裹住的伴娘之手，大喊：「我知道他是誰！他是耳聾的啞巴狗……我是說……他是聾啞人士！他是穆瑞爾的叔公！」

伴娘的嘴唇形成一個字：「喔！」她在座位上轉身，轉向她丈夫。「你有鉛筆和紙嗎？」她對他咆哮。

我觸碰她的手，大喊：**我有**。事實上，不知怎麼地，我急得像所有人的時間都快用盡了，急急忙忙地從短上衣內側口袋拿出一個小筆記本和一小截鉛筆，是我最近從班寧堡連辦公室的抽屜裡弄到的。

我在紙上寫字，字跡有點莫名清晰過頭了：「遊行不知道會讓我們在這裡卡多久，我們打算去找電話、喝杯涼的。你要一起來嗎？」我對摺紙，遞給伴娘，她打開讀完，然後遞給矮個子老頭。他讀完，咧嘴笑，看著我用力點了好幾下頭。我一度以為這就是他最完整、最具完美表現力的回覆了，結果他突然向我打手勢，我猜他是要我把記事本和鉛筆遞給他。我照做了——沒看伴娘的反應，我感覺得到一波不耐煩正在她心中逐漸高升。老人小心翼翼地調整記事本和鉛筆在他大腿上的位置，然後坐定一會兒，鉛筆就位，專心致志，揚起的嘴角只斂起些許。接著鉛筆動起來了，非常不穩定地移動。他點呀點的，點出一豎又一點。接著他親自將記事本和鉛筆歸還給我，然後又真摯非凡地多點了幾下頭。他只寫了一個詞，字母彼此並沒有黏得很齊：「樂意。」伴娘從我肩膀上方探頭看，發出一個有點像嗤之以鼻的聲音，但我連忙望向那位大作家，試圖用表情告訴他，這車上所有人都有能力識讀他的詩興，都對他心懷感激。

接著，我們一個一個從兩邊車門下車——可說是在麥迪遜大道中央棄船，潛入發燙又黏膩的路面碎石之海吧。少尉在最後方逗留了一會兒，告知司機我們已變節。我記得很清楚，當時鼓號樂隊仍綿延不絕，震耳欲聾的樂聲絲毫未減弱。

伴娘和希爾斯本太太帶頭走向施拉弗特，兩人一組循麥迪遜大道東側南下——身影幾乎像是打頭陣的斥候。向司機簡報完畢後，少尉趕上那兩人，或者說幾乎和她們同行。他稍稍落後，才能在保有隱私的前提下取出錢包，顯然是為了確認自己身上有多少錢。

新娘的叔公和我殿後。不知道他是憑直覺認定我是個朋友，還是單純因為我是記事本和鉛筆的主人，這位叔公匆匆忙忙地擠到我旁邊，跟我一起走，感覺不像是被我吸引過來的。他美麗的絲質禮帽帽頂還不到我的肩膀高。考慮到腿長差異，我把我們的步伐設定得相對慢一些。來到下一個路口或那附近時，我們已落後其他人好一段距離。感覺我們兩個人都沒為此困擾。印象中，我的朋友和我一起走路的途中，我們偶爾會互望，一個抬頭，一個低頭，以傻氣的愉快表情回應彼此的陪伴。

當我的同伴和我抵達七十九街那家施拉弗特的旋轉門時，伴娘和她丈夫、希爾斯本太太都已經在那站好幾分鐘了。他們是以團結得令人生畏的姿態在等待著呢，我心想。他們原本在聊天，但丑角二人組逼近後就打住了。幾分鐘前在車上，我們共同感受到的不自在（幾乎可說是苦惱了），曾讓我們這一小群人產生近似戰友的情誼——這種情誼要暫時加諸在那些讀庫克旅遊指南，因而一同被暴雨困在龐貝的遊客，也沒問題。如今再清楚也不過的是，矮個子老頭和我抵達施拉弗特的旋轉門時，暴雨已經停了。伴娘和我互望，臉上掛著的不是問候的表情，而是認出對方身分的表情。「沒開，改裝中。」她冷冷地說，看著我。這不是正式的表態，但不會錯的，她又把我當作局外人了。在那當下，我感受到的孤立和寂寞比那一天的其他時刻都更加排山倒海，儘管我根本不該進入那心境，沒有值得我進入的理由。值得一提的是，似乎在同一時間，我的咳嗽又回來了。我從褲子後方的口袋抽出手帕。伴娘轉身面對希爾斯本太太和她丈夫。「這附近有家隆尚，」她說：「但我不知道確切位置。」

「我也不知道。」希爾斯本太太說，她似乎就快哭出來了。儘管她用水粉餅上了厚厚一層妝，她的額頭、上唇還是冒出了汗珠。她左臂下面夾著一個黑色漆皮手提包，彷彿當它是最心愛的洋娃娃，而她自己看起來像一個逃家的小孩，實驗性地在臉上搽脂抹粉，心情極不愉快。

「我們絕對沒辦法搭計程車，沒戲唱了。」少尉悲觀地說，他看起來也累壞了。那頂《王牌飛行員》帽和他蒼白、汗涔涔、一點也不勇猛的臉蛋格格不入，幾乎到了殘酷的地步。記得我當時有股衝動想一掌把它拍掉，或至少把它撥正一點，調整到不那麼歪的位置——這衝動像什麼呢？比方說，每個兒童派對上肯定會有一個瘦小、打扮隨便的小孩，當你看到他戴著蓋住一邊或兩邊耳朵的紙帽時，基於一般性動機，你會生出想要做點什麼的衝動。

「喔，天啊。真糟糕的一天。」伴娘代替我們所有人說。她的人造花圈變得歪歪的，而她整個人溼透了，不過我認為，她身上唯一易損壞的東西可說是最無傷大雅的附屬品——她的梔子花束。她仍將花捧在手中，儘管捧得心不在焉。它顯然承受不了粗魯對待。「我們該怎麼辦？」她問，以她的標準而言算是相當狂亂。「我們不能**走**過去，他們等於是住在**河邊**。誰有什麼好主意嗎？」她先是望向希爾斯本太太，然後望向自己的丈夫——然後望向我，眼神似乎帶著絕望。「我有間公寓在這附近。」我突然緊張地開口，「事實上，過幾個路口就到了。」我總覺得我報告這件事的音量有點太大了。就我所知，我甚至可能是用吼的。「我哥和我的房子。我們從軍去後，我妹住了一段時間，不過她現在不在了。她進了緊急志願服役婦女隊，而且跟部隊出了一趟遠門。」我看著伴娘——或者說看著她頭上的某個點。「妳至少可以去打個電話，如果妳想的話。」我說：「而且公寓裡有冷氣。我們也許可以消暑一下，喘口氣。」

我的提議帶來的首波震撼褪去後，伴娘、希爾斯本太太、少尉展開了某種商議，完全只透過眉來眼去，不過沒有顯著的跡象顯示他們將提出反對。伴娘是最早採取行動的人，她原本一直看著兩人，等他們發表意見——結果徒然。她轉頭回來對我說：「你剛剛說那裡有電話？」

「對，除非我妹因為某種原因申請停話，但我想不到那原因會是什麼。」

「我們怎麼知道**你哥**不會在那裡？」伴娘說。

我的腦袋過熱，沒裝進這小小的想法。「我認為他不會在。」我說：「他是**有可能**在——那也是他的公寓，但我覺得他不在。我真心認為。」

伴娘大剌剌地盯著我看了一會兒——這次她的瞪法並不粗魯，除非你認為孩童的瞪視是粗魯的。接著她轉過去面對她丈夫和希爾斯本太太說：「我們也跟過去吧，至少我們可以打電話。」他們一致地點頭。事實上，在施拉弗特前方的希爾斯本太太甚至想起了接獲邀約時該如何有禮地應對。在她太陽烤過的水粉餅厚妝上，漸漸浮現了一抹神似艾蜜麗．普斯特[3]的微笑。我記得那是一個十分欣然的微笑。

「那就走吧，我們別曬這**太陽**了。」我們的領袖說：「**這個**該怎麼辦？」她沒等誰回答，直接走向路邊石，毫不感傷地擺脫那束枯萎的梔子花。「好，帶路吧，麥克德夫[4]。」她對我說：「我們跟你走。我只能說，我們到那裡時，那渾球最好**不**在那裡，不然我就殺了他。」她看著希爾斯本太太說：「請原諒我話講得粗魯，但我是認真的。」

我聽從指示，帶頭前進，心情幾乎是愉悅的。下個瞬間，我身旁憑空冒出一頂絲質禮帽，在我左方，位置相當低。我那位特別的、嚴格來說並未經過正式指派的同伴抬頭對我咧嘴笑——我一度以為他就要牽起我的手了。

在我迅速察看公寓的期間，我的三名客人和一位朋友在玄關等著。窗戶全都關著，兩台冷氣也都設為「關閉」，鑽入我鼻子裡的第一口氣讓我以為我把頭探進某件舊浣熊皮毛大衣的口袋裡做了個深呼吸。屋子裡唯一的聲音來自西摩和我弄來的二手老冰箱，嗡嗡震顫。我妹布布根據她女孩子家、海軍式的想法，讓冰箱繼續運轉。事實上，放眼整棟公寓，有相當多雜亂的部分顯示這裡已被

3 艾蜜麗・普斯特（Emily Post），美國作家，以撰寫禮儀書聞名。

4 麥克德夫（Macduff），莎士比亞劇作《馬克白》中的人物。

一位水手小姐接管。有件帥氣、小尺寸的少尉海軍藍外套披在沙發上，內襯朝下。沙發前方的咖啡桌上有一盒開著的路易斯·雪莉糖——裡頭已半空，另外還有一些還沒吃的糖果，或多或少有被人試驗性擠捏過的痕跡。書桌上立著一張裱框的照片，影中人是一個表情堅毅的年輕男子，我從沒見過他。視線所及範圍內的菸灰缸都塞滿揉成一團的面紙，以及沾了口紅的菸屁股。我沒進廚房、臥室或廁所，只打開門快速瞥了一眼，看西摩是否杵在某處。還有，我不斷忙著將百葉窗拉開、啟動冷氣、清空菸灰缸。而其他同行者幾乎立刻就朝我衝了過來。「這裡比街上還熱。」伴娘大步進門，用打招呼的方式說。

「你們等我一下，」我說：「我好像打不開冷氣。」事實上，「啟動」鍵似乎卡住了，我正笨手笨腳地忙著撥弄它。

就在我對付冷氣開關的期間（印象中帽子仍戴在我頭上），其他人頗疑神疑鬼地在房間裡繞來繞去。我看著他們消失到視線範圍外。少尉走到桌子旁，站著看桌面正上方那三、四平方英尺大的牆面。我哥和我在那裡釘了好幾張表面亮亮的八乘十英寸照片，理由背後有目空一切式的感傷。希爾斯本太太坐下了（這是必然的，我想），坐在我已死的波士頓㹴犬以前最喜歡睡的那張椅子上。椅子的扶手套著髒兮兮的燈芯絨，狗作惡夢經常會咬那部分，使它沾滿口水。新娘的叔公，也就是我的密友，似乎徹底消失了。伴娘也是，彷彿突然跑到了別的地方。「我等等就端喝的給大家。」我心神不寧地說，還在扳冷氣的開關。

「我可以喝點冷飲。」一個萬分耳熟的嗓音說。我整個人轉過身去，發現她已在沙發上躺平，難怪她直立的身影消失了。「我等等用你的電話。」她告知。「反正在這狀態下，我根本沒辦法開口講電話。我好渴，**舌頭**好乾。」

冷氣突然嗡嗡嗡地啟動了，我走向房間中央，進入沙發和希爾斯本太太那張椅子之間的區域。「我不知道家裡有什麼可以喝的，」我說：「我還沒看冰箱，但我猜——」

「什麼都好。」沙發上那位萬年發言人開口了。「只要是溼的、冰的就好。」她的鞋跟壓在我妹那件外套的袖子上。她的雙手交疊胸前，頭下面枕著某物。「有冰塊的話放一些。」她說，然後閉上眼睛。我低頭看了她一會兒，瞬間閃過殺意，接著彎腰，盡可能得體地將布布的外套袖子從她腳下拉出來。之後我準備離開房間去準備招待客人的茶水，但我才跨出一步，書桌那邊的少尉就開口了。

「這些照片是從哪弄來的？」他說。

我直接走向他。我仍戴著附眼罩且尺寸過大的戰鬥帽，還沒想到要將它摘下。我來到桌邊，站在他身旁但稍微後退半步的位置，抬頭看著牆上照片。我說這些大多是《聰明寶貝》的參加者小朋友的舊照片，西摩和我那個年代的參加者。

少尉面向我。「那是啥？」他說：「我沒聽過，是兒童猜謎節目嗎？有人提問、有人回答那種節目？」不會錯的，一絲絲軍階的分量無聲、狡詐地溜進了他的嗓音中。他似乎還盯著我的帽子看。

我脫下帽子說：「不，不完全是。」我對家族懷抱的一股驕傲之情突然被激發了。「我哥西摩上節目前，它**是**猜謎秀。等到他退出後，他們或多或少又重新採取了那形式。不過他改變了整個模式，真的。他把那節目變成了某種兒童圓桌會議。」

少尉看著我，對我懷抱著有那麼點過量的興趣。「你也上過節目？」他說。

「對。」

伴娘在房間另一頭開口了，聲音從他看不見的、髒兮兮的沙發隱蔽處傳來。

「我不會想看**我的**孩子上那種瘋狂的節目。」她說：「或**演戲**那一類的。事實上，我寧可先死也不要讓我的孩子在眾人面前變成一個愛現鬼，那會扭曲他們的人生。**知名度**那些有的沒的都是問題，甚至可能有其他毒——不信去問任何精神分析師吧。我的意思是，你們怎麼可能有任何形式的正常**童年**？」她的頭突然冒了出來，頭上戴的花圈如今已歪了一邊。彷彿像被斬下來似的，那顆頭擺在沙發背面的小平台上，面對著少尉和我。「那八成就是你哥出問題的原因。」那顆頭說：「我的意思是，你們還小的時候過著怪胎至極的生活，所以你們自然學不會長大。你們學不會和普通人產生連結之類的。這正是費德太太幾個小時前在那瘋狂的臥室裡說的話。一字不差。你哥從來就不知道要怎麼跟別人建立關係。他顯然只會到處害人受傷，讓他們臉上縫個好幾針。他絕對不適合婚姻，或任何偏向正常的關係，老天啊。事實上，這**完全**是費德太太的措辭。」那顆頭稍微轉動，瞪著少尉。「我說得對吧？她有沒有這樣說？你說實話。」

下個說話的人不是少尉，而是我。我嘴巴很乾，胯下潮溼。我說去他的，我根本不在乎費德太太說西摩什麼。或者說，在這方面，任何半吊子的專家或業餘賤人的意見我都不在乎。我說自從西摩十歲那年開始，這國家的每一個**最優等**思想家和聰明絕頂的男廁服務員都曾試著嗆他。我說西摩如果只是智商很高的愛現小鬼，事情也許會不一樣。我說他從來就不是一個愛現鬼，他每個星期三晚上去參加錄音感覺就像出席自己的葬禮。搭巴士或地鐵的路上，他甚至不會跟別人說話，老天啊。我說沒有半個該死的人，沒有半個高高在上的四流評論家和專欄作家曾看出他本質上是什麼樣的人。他是個詩人啊，老天。我是說真正的**詩人**。就算他沒寫過一行詩，他想的話，還是可以靠耳後閃現鋒芒給別人看。

我在此打住了，謝天謝地。我的心臟噗通狂跳，像是撞擊著某種可怕的玩意兒。如同大多數憂鬱症患者，我腦海中掠過一個小小的、令人生畏的念頭：心臟病就是這種言論造成的。直到今天，我還是完全不知道我的客人對我的崩潰、對我激射而出的毒舌謾罵有何反應。我真正注意到的第一個外部情形，是世人皆熟知的水管聲，來自公寓的另一頭。我突然開始在房間內張望，視線鑽過、通過、經過我眼前的賓客之臉。「那老人呢？」我問：「那位矮個子老人呢？」當時的我若含一塊奶油，它也不會在我口中融化。

有人應答了。奇怪的是，那聲音來自少尉，而非伴娘。「我認為他在廁所。」

他說。他的陳述帶著一種特別的直率，顯示說話者不是提到每日衛生學現象時會裝斯文的人。

「喔。」我說，並再度心不在焉地張望了一下。我不記得自己是否刻意迴避伴娘的可怕視線，或者說我並不想記這種事。我看到新娘的叔公那頂絲質帽子了，它懸在一張直背椅上，在房間另一頭。我有股想要向它打招呼的衝動，而且是大聲問好。「我去弄些涼的來。」我說：「馬上回來。」

「我可以用你的電話嗎？」伴娘突然在我經過沙發時說，腳一旋，放到地上。

「可以——可以，當然了。」我說，並看著希爾斯本太太和少尉。「如果有檸檬和萊姆的話，我想我就調些湯姆可林斯吧，好嗎？」

少尉的回答嚇了我一跳，因為他的語氣突然變得歡快友好。「來吧。」他說，並搓揉雙手，像個熱情的酒客。

希爾斯本太太停止細看桌子上方的照片，給我建議：「如果你要做湯姆可林斯的話——麻煩你，我那杯只要加一小滴、一小滴琴酒就行了。我要有加跟沒有一樣，如果不會太麻煩你的話。」她看起來精神似乎恢復了一點，儘管我們進門才沒過多久。也許是因為她就站在我打開的那部冷氣前方幾英尺處，冰涼空氣不斷吹向她，這可能是原因之一。我說我調她的飲料時會留意，然後讓她與那些一九三〇年代初期、一九二〇年代晚期的小眾電台「名流」共處，裡頭有許多西摩和我兒童時期的小臉蛋，往昔的我們。少尉似乎在我離開後也很懂得找事幹，他已經動起來了，雙手背在身後朝書架走去，像個孤獨的鑑賞家。伴娘跟著我離開房間，邊走邊打呵欠——聽起來很深邃、聲音可聞的呵欠，她完全沒有抑制或遮掩的意思。

當伴娘跟著我走向臥室，即電話的所在處時，新娘的叔公從走廊另一頭迎面而來。他臉上掛著萬分恬靜的表情，也就是一路上大多時間都把我給唬住的表情。不過隨著他愈走愈近，那面具自己就剝落了；他以手勢向我們兩個人進行至高無上的行禮和問候，我回過神時已咧嘴微笑、點頭回應，點得有些過火了。他稀疏的白髮看起來像剛梳過——簡直像是剛洗過，彷彿他發現公寓另一頭藏了一家小小的理髮店。當他和我們擦身而過時，有股強制力逼我轉頭過去看他。我照做了，發現他正對我揮手，活力旺盛地揮著——那是**一路順風，早日歸來**的手勢。大大改善了我的心情。「他是怎樣？瘋啦？」伴娘說。我說但願他是，然後打開了臥室門。

她一屁股坐到其中一張成對單人床上——西摩的那張。事實上，電話就在床頭櫃上，伸手可及。我說我馬上幫她送杯飲料過來。「不用麻煩了——我馬上好。」她說：「幫我關上門就好，如果你不介意的話……我沒什麼意思，但房間沒關，我沒有辦法講電話。」我說我也是，然後準備離開。但當我轉身準備離開兩張單人床間的空間時，我發現窗邊座位上擺著一個小小的可摺疊式帆布旅行袋。看第一眼，我還以為那是我自己的，奇蹟式地從賓州火車站跑到公寓來，全憑自己的氣力。我的第二個念頭是，那肯定是布布的。我走向它。袋子拉鍊沒拉，我瞥了內容物最上層一眼，就知道它真正的主人是誰了。我又看了一眼，更全面的一眼，發現兩件洗熨過的土黃色軍服上擺著某物，認為它不該和伴娘共處一室。我從袋中拿出那件東西，夾在腋下，好弟兄似地向伴娘揮手。此時她已經開始撥第一個號碼，手指插入轉盤孔，等我走人，而我帶上身後的門。

我在房門外又站了一小段時間（走廊的空無一人對我而言是種體恤），不知該拿西摩的日記怎麼辦。那就是我從帆布袋中取出的東西，我應該要更早說明的。我想到的第一個建設性念頭是把它藏起來，藏到所有人都離開為止。帶進浴室、扔到洗衣籃裡似乎是個好主意。不過經過三思，經過更繁複的思慮奔流後，我決定將它帶進浴室，讀個幾段，**然後**再扔進洗衣籃。

上帝在上，那天不只是徵兆與象徵蔓生的日子，還是透過文字進行極度大量溝通之日。如果你跳上一輛擠滿人的車子，在想任何辦法棄車前，命運便會迂迴、費勁地確保你身上有本記事本和一枝鉛筆，以免你的同行乘客剛好是聾啞人士。如果你溜進浴室，你會謹慎地抬頭看洗手台上方高處有沒有任何簡短訊息，帶有些許天啟的那種。

多年來，我們家總是共用一間浴室，家中的七個小孩便發展出一個可能令人倒胃口但很實用的習慣：用潮溼的、變得細薄的肥皂在藥品櫃上留言給其他兄弟姊妹。留言的主題通常趨向過度強烈的告誡，和毫不遮掩的威脅，後者較沒那麼頻繁。「布布，毛巾用完要撿起來，別丟在地上。愛你的西摩。」「華特，輪到你帶卓和法去公園了，昨天是我去的。猜猜看我是誰。」「星期三是他們結婚週年，別去看電影，錄完節目別在錄音室瞎耗，也別繳罰金。你也不例外，巴迪。」「媽說卓依差點吃了芬諾拉斯，別把帶有毒性的東西放在水槽上，以免他拿得到，放進嘴裡。」這些當然是我們童年時期的例子，不過多年後，西摩和我以獨立之類的名義搬出去，住進自己的公寓後，我們僅止於在名義上揮別這個家族老慣例。也就是說，我們不會直接把洗到剩一丁點的舊肥皂扔掉。

我帶著西摩的日記走進浴室，謹慎地關上門後，我幾乎立刻就發現了那段訊息。不過那不是西摩的字跡，而是我妹布布的，肯定不會錯。無論是不是用肥皂書寫，她的字跡總是小得幾乎無法辨識。她駕輕就熟地將下面這段訊息發布在鏡子上：「抬高屋梁吧，木匠。新郎現身，有如愛力士，一位過度高大者。你親愛的歐文．莎孚，曾與極樂工作室有限公司簽約者。請跟你美麗的穆瑞爾度過無比、無比、無比幸福的人生。這是一個命令，我的軍階比這一帶的每個人都還要高。」我必須指出，文中提及的簽約作者一直是我們家所有小孩的最愛，每個人愛上她的時機都適當地錯開。而我們會愛上她，有很大一部分是因為西摩的詩歌品味為我們所有人帶來無法估量的巨大影響。

我將那段摘錄文字讀完，然後再讀一遍，才坐到浴缸邊緣，打開西摩的日記。

以下逐字抄錄我坐在浴缸邊緣時讀的那幾頁西摩日記。我認為略過書寫日期是很有條理的安排，一點也不成問題。我想大家只要知道這些就夠了：每篇日記都是他一九四一年末到一九四二年初駐紮於孟莫斯堡期間寫的，在婚禮日的好幾個月前。

「今晚的降旗儀式在徹骨寒風中進行，光是我們那一排就有六個人在不斷演奏〈星條旗〉的過程中昏倒。我猜只有血液循環正常的人有辦法採取軍中的『立正』姿勢，那實在太不自然了。尤其『舉槍致敬』時還得拿著一把沉甸甸的步槍。我的血液沒在循環，我沒脈搏。靜止就是我的歸屬。〈星條旗〉的拍子與我深刻地了解彼此，對我而言，它的節奏就是浪漫的華爾滋。

「典禮結束後，我們到了深夜才被放行。七點，我和穆瑞爾在比爾特摩碰面。兩杯飲料，兩個藥局賣的鮪魚三明治，然後去看她想看的電影，有葛麗．嘉遜參與的片。葛麗．嘉遜的兒子駕駛的那架飛機在任務中失蹤時，我在黑暗中看了她好幾次。她嘴巴開開的，很專心、很憂慮。她和米高梅悲劇電影的一體感建立起來了。

我感到敬畏，也很開心。我多麼愛，多麼需要她毫無鑑別能力的心啊。電影中的孩子把小貓帶到母親面前時，她望向我。穆喜歡小貓，想要我也喜歡。儘管在黑暗中，我還是察覺到了。她感受到我的疏遠了，每當我沒自動喜歡上她喜歡的事物時，通常會散發出的疏遠。稍後，我們在車站喝酒時，她問我是不是不覺得那隻小貓『挺棒』的。她不再用『可愛』這個詞了。我什麼時候嚇得她不敢用自己慣用的字眼了？我真是個討厭鬼，跟她扯什麼R．H．布萊斯對感傷的定義，說那是我們給予某物的溫柔超越神給予它的量時，所會感受到的情緒。我說（有說教意味地？）神肯定愛小貓，但祂在任何可能的情況下都不會愛腳爪上套著鮮豔靴子的小貓。那是祂留給腳本家的創意表現。穆思考了一下，似乎同意我的說法，但並不怎麼歡迎這『概念』。她坐在那裡攪動飲料，感覺跟我有隔閡。她擔心自己對我的愛意飄忽不定，一下子冒出來，一下子又退去。她懷疑這份愛的真實性，單純因為它不像小貓一樣，持續地帶來喜悅。天啊，這**著實**令人悲傷。人類的聲音密謀褻瀆地上的一切。」

「今晚在費德太太家吃晚餐，非常棒。小牛肉、馬鈴薯泥、皇帝豆、美妙的油醋醬綠沙拉。甜點是穆瑞爾親手做的：某種冰奶油乳酪，上頭放了些覆盆子。這讓我熱淚盈眶。（西行法師說：『不知其為何／但感激之情泉湧／淚珠紛落下。』[5]）我附近的桌面上擺著一瓶番茄醬。穆瑞爾顯然告訴費德太太我吃什麼都愛加番茄醬。真想看穆袒護我似地對她母親說，我不管吃什麼都會加番茄醬，就算吃四季豆也不例外。我願意為了看那一幕放棄全世界。我的寶貝女孩。

「晚餐過後，費德太太提議我們收聽節目。她對那節目的熱切、鄉愁，尤其是對巴迪和我還會上節目的那段歲月的執著，令我不太自在。今晚播音的地點好死不死在某個海軍航空站，聖地牙哥附近。太多學究式的問題與回答了。法蘭妮聽起來像感冒了，卓依的狀態好得嚇嚇叫。司儀用房地產開發這議題收尾，而那個保守派小女孩說她討厭全部一個樣的房子——指的是一長排外觀相同的『都市發展』屋。

卓依則說它們『很棒』，說回家時發現自己跑錯房子是很棒的事。不小心跟錯誤的對象共進晚餐，不小心睡錯床，早上不小心搞錯親吻道別對象，把別人誤認成自己的家人，是很棒的事。他說他甚至希望世界上的每一個人都長得一模一樣。他說你會不斷把你見到的人當作自己的妻子，或母親，或父親，大家不管去什麼地方都會一直擁抱彼此，那場面會『非常棒』。

「我整個晚上都開心到無法承受。我們坐在客廳時，穆瑞爾和她母親的相似性在我看來好美。她們知道彼此的弱點，尤其是對話時的弱點，然後觀照彼此的毛病。費德太太會監看穆瑞爾說話時展現的『文學』品味，穆瑞爾則留意母親說話時有誇大、冗長的傾向。兩人爭吵也不可能產生永久的嫌隙，因為她們是母女。那現象看上去既糟糕又美好。不過某幾次我坐在那裡心醉神迷時，我很希望費德先生能

5　出自《西行法師歌集》，西行法師為日本十二世紀僧侶、歌人。

夠多話一點。有時我覺得我需要他。事實上，有時當我來到他們家門口時，感覺像是要進入某種凌亂、世俗的女子雙人修道院。我要離開時，偶爾會有股奇怪的感覺，彷彿穆和她母親在我口袋裡塞滿了瓶瓶罐罐，裡頭裝著口紅、胭脂、髮網、止臭劑等玩意兒。我對她們懷抱排山倒海的感激之情，但這些隱形的禮物讓我不知如何是好。」

「今晚降旗號後，我們沒有立刻被放行，因為英國將領來訪閱兵時，有人弄掉了步槍。我錯過了五點五十二分那班車，遲到一小時才見到穆瑞爾。我們在五十八街的倫法的店吃晚餐，穆從頭到尾都很易怒、眼中泛著淚光，真的很沮喪又害怕。她母親以為我有精神分裂症。顯然她和她的精神分析師談過我的事，而他認同她的想法。費德太太要求穆瑞爾小心查明我家族中是否有任何精神異常者。穆瑞爾太單純了，我猜她曾告訴母親我手腕上有疤痕，我可憐的甜心寶貝。不過根據穆的說法，這並沒有比其他事還要令她媽操心。另外三件事。一，我離群，無法跟人建立關係。二，我顯然有『不對勁』的地方，因為我沒誘惑穆瑞爾。三，某天晚上吃晚餐時，我曾說我想當隻死貓，而費德太太似乎一直對我的發言耿耿於懷。她上星期問我退伍後有什麼打算，是不是準備回同一所大學任教？我到底會不會回去教書？我會考慮回電台，比方說當個『時事評論員』之類的嗎？我說這場戰爭對我來說彷彿永無止境，如果世界再度恢復和平，我只確定我想當死貓。費德太太以為我在開某種玩笑，一個別出心裁的玩笑。穆瑞爾說，她認為我是個複雜的人。她認為我嚴肅至極的意見是某種笑話，其他人聽了應該要回以輕巧、悠揚的笑聲。她笑的時候，我猜我有點分心了，忘了向她解釋那番話。今晚我把典故告訴穆瑞爾：有人曾問禪宗大師世界上最珍貴的事物是什麼，大師回答是死貓，因為沒人能為它訂價。穆鬆了一口氣，但我看得出來，她已迫不及待要回家向母親解釋我的發言是無害的。她和我一起搭計程車回車站。她好可愛，而且變得幽默多了。她試著教我微笑，用手指延展我嘴巴四周的肌肉。看她笑是多麼美妙的一件事啊。喔，上帝啊，和她在一起真開心。要是她跟我在一起能更開心就好了。我時不時就逗她笑，而她似乎喜歡我的臉、我的手、我的後腦勺。她告訴朋友自己和《聰明寶貝》長年的來賓比利·布拉克訂婚了，從中獲得莫大的滿足感。我想，她從我的各方面大致感受到一股母性和性欲混合的驅力。不過整體而言，我並沒有帶給她真正的快樂。喔，神啊，幫幫我。有件事帶給我可怕的慰藉，那就是我的心上人對婚姻制度本身懷抱著不朽的、基本上始終如一的愛意。有股原始衝動令她想要玩永不結束的扮家家酒。她的婚姻目標既荒謬又動人。她想把膚色曬得黝黑，走向某家高級旅館的服務員問：我丈夫拿信了沒？她想買窗簾，想買孕婦裝。不管她到底知不知道，儘管她們之間有著緊密連結，她其實想搬出她媽的房子。她想要小孩——長得漂亮的小孩，五官像她，不像我。我還覺得，她希望每一年都用自己的飾品妝點聖誕樹，而非用她媽的。

「巴迪寫了封好笑的信給我，廚房值班結束後立刻寫的，今天寄到了。我寫穆瑞爾的事情時會想到他。我在這裡寫過一些她想結婚的動機，而他聽了一定會恨死了。它們是可恨的嗎？從某個角度來看必定是可恨的，但對我來說好有人味、好美。當我想到它們時，不免深深地動容，就連現在也不例外。他一定也不能接受穆瑞爾的母親。她是個惱人、意見很多的女人，巴迪無法忍受的型。我不認為他看得到她的本質。一個終生無法理解或品味各種、所有事物中共通的詩歌主旋律的女子，她這方面的能力被剝奪了。死不足惜，但她繼續活著，經過熟食店就稍作停留，看精神分析師，每晚啃一本小說，纏上腰帶，為穆瑞爾的健康和成功做種種規畫。我愛她，我認為她英勇得難以想像。

「整個連今晚都限制外出。我排隊排了整整一小時才摸到娛樂室的電話。穆瑞爾得知我今晚無法進城，感覺像是鬆了一口氣。這逗樂了我，讓我很開心。其他女孩如果真心想要擺脫未婚夫一晚，也會在電話中表達遺憾。我告訴穆時，她只說：

『喔。』我多麼崇拜她的簡練，她嚇人的誠實。我多麼仰賴那些。」

「凌晨三點半我到連辦公室來了，我睡不著。我在睡衣上罩了一件大衣，直接過來。艾爾·艾斯佩西是值星官，他睡在地上。只要我替他接電話，我就可以待在這。今晚真折騰人。費德太太的精神分析師去他們家吃晚餐，斷斷續續地拷問我，到十一點半左右才罷手。他偶爾會展現出高度手腕與智慧，我發現自己被他誘導了一、兩次。他顯然是巴迪和我的長年支持者。他於公於私似乎都很好奇我為何會在十六歲那年被節目攆走。他實際上聽了林肯的廣播，但有個印象是我在節目上說『蓋茲堡演說對兒童有害』。不對。我告訴他，我當初是說，我認為那段演說不適合小朋友在學校裡背誦。他還覺得我當初說那是不誠摯的演說。我告訴他，我當初的說法是：蓋茲堡的傷亡人數是五萬一千一百一十二人；如果有人不得不在週年紀念活動上演講，他應該要走上前和觀眾握手，握完就走，這樣就夠了——如果這演講者滿懷誠意的話。他不同意我的看法，但他似乎覺得我有某種完美主義情結。他說了許多，語帶珠璣，談不完美人生的好處、接受自己與他人弱點的好處。我同意他的說法，但只同意理論。我將擁護『無區別心』，直到世界末日來臨，因為這能帶我們走向身心健康和一種十分真實、令人嫉妒的幸福。**全然信奉**，即道家之道，也無疑是最高尚之道。不過一個無區別心之人若要達到這個境界，就得將自己從詩中放逐出去，**超越**詩。也就是說，他不能學著去**喜歡**，或驅使自己去喜歡理論上的爛詩，更不能拿它跟好詩相提並論。他得全然地放棄詩。我說這不會是容易的一件事。辛姆斯醫師說我把話說得太死了——他說，只有完美主義者會那樣表達。我能否認嗎？

「費德太太顯然曾經緊張地向他提起夏洛特那九針。我猜，把這件陳年往事說給穆瑞爾聽，是我太急躁了。她會將聽來的話全數轉達給她媽，趁話題還沒冷掉。當然了，我應該反對她那麼做，但我無法。穆只有在母親也能耳聞的情況下，才聽得到我說話，可憐的孩子。但我不打算和辛姆斯討論我為什麼害夏洛特縫那幾針，只喝一杯免談。

「今晚在車站時，我算是向穆做出了承諾，說我有一天會去看精神分析師。辛姆斯說我們軍營裡的那一個非常優秀。他顯然和費德太太針對這事促膝長談了一、兩次。為什麼這不會令我心生怨懟？它沒有。感覺很好笑。不知為何，我因此感到溫暖。就連報紙上那些幽默漫畫裡登場的平凡岳母也總是隱約對我產生吸引力。總之，我不認為去看精神分析師會少塊肉。如果我在軍中看就不用花半毛錢。穆愛我，但她永遠不會真正對我產生親近感，**熟悉感**，**輕佻態度**，那要等到我稍微進行大檢修之後。

「如果，或者說當我真的去看精神分析師的時候，希望上帝有先見之明，安排一個皮膚科醫師來幫我看診，或手部外科醫師。我手上有些疤，是碰了某些人後留下來的。有次在公園裡，法蘭妮坐在嬰兒車內，我的手放在她毛茸茸的腦袋瓜上，結果放太久了。還有一次是在七十二街的勒夫劇院，我和卓依在看一部令人發毛的電影。他當時六、七歲，還鑽到椅子底下，以免看到恐怖的場面。我把手放到他頭上。某些頭，某些顏色和質地的人類毛髮會在我身上留下永久的痕跡。還有一些東西也會。夏洛特有次在錄音室外，從我身旁跑開。我抓住她的洋裝，要她留步，待在我身邊。那件黃色棉洋裝，我很喜歡，因為穿在她身上有點太長了。我的右手掌心仍殘留痕跡，一抹檸檬黃。喔，上帝啊，如果要在我身上安個病名，那我就是某種偏執狂的相反。我懷疑他人密謀帶給我快樂。」

我記得我讀完「快樂」這兩個字後闔上了日記——事實上是使勁一甩，啪地闔上。接著我在那坐了好幾分鐘，一手夾著日記，直到我意識到在浴缸邊緣久坐所產生的不適。我起身，發現自己大量出汗，比那天的任何時候都還要汗水淋漓，彷彿我是剛泡完澡，而不是坐在浴缸邊緣。我走向洗衣籃，掀開蓋子，手腕近乎凶狠地一甩，真的是將西摩的日記砸向籃子底部的被單和枕頭套之間。接著，為了想出更好、更有建設性的主意，我又回頭坐到浴缸邊緣去了。我盯著布布留在藥櫃上的訊息看了一、兩分鐘，然後離開浴室，以有點過火的力道關上門，彷彿純靠力氣就能將那裡永遠鎖上。

我的下一站是廚房。幸好走廊帶著我遠離玄關的方向，我不需要穿過客廳、面對我的客人，就能抵達那裡。我一踏進門，彈簧門一關上，我便脫掉外衣（我的短上衣），丟到琺瑯桌面上。我脫衣服彷彿就耗費了所有的精力。身穿T恤的我原地站了一會兒，算是喘口氣，然後才開始艱難的工作：調飲料。接著，彷彿有看不見的眼睛透過牆上孔隙監督我似地，我突然開始打開儲物櫃和冰箱門，尋找湯姆可林斯的原料。材料齊全，不過萊姆得用檸檬代替。幾分鐘內，我便調出了一壺甜甜的湯姆可林斯。我拿下五個玻璃杯，然後開始尋找托盤。托盤實在太難找了，我耗費的時間相當長，長到我開關置物櫃門時，都開始會發出依稀可聞、帶著抱怨意味的小悶哼了，最後才找到東西。

當我穿回短上衣，托著水壺和五個玻璃杯準備離開廚房時，我的頭上突然冒出一個幻想的燈泡——就像漫畫裡那種，表示人物突然想到了一個非常機靈的點子。我將托盤放到地上，走回酒櫃，拿下一瓶半滿的五分之一加侖蘇格蘭威士忌。我把我的杯子帶過去，倒了至少四指高的酒——算是不小心倒太多了。我苛刻地盯著杯子看了一瞬間，接著不動聲色地乾了它，就像西部電影中久經風霜的男主角。我有理由提起一件小事，記下它的當下，我明確地打了一個冷顫。確實，我已經二十三歲了，而任何血氣方剛的二十三歲傻瓜在類似的情況下都可能會採取類似的行動。我的意思不是那麼單純。我的意思是，**我不會喝酒**，就像俗話說的那樣。喝一盎司威士忌，我鐵定會嚴重不適，或開始在房間裡尋找異教徒。喝兩盎司，據報我曾不省人事。

然而，這不是個尋常的日子（好個空前保守的說法），而且印象中，我重新拿起托盤準備離開廚房時，並沒有感覺到任何身體變化，平常幾乎都會立刻出問題。實驗對象的肚子裡似乎產生前所未有的高熱，但也僅止於此。

我帶著裝滿東西的托盤回到客廳時，客人們的舉止並沒有什麼吉兆性的變化，就只有一個令人恢復活力的事實：新娘的叔公回到眾人身邊了。他窩在我已死的波士頓㹴犬以前的椅子上，小巧的腳翹成二郎腿，頭髮梳過，衣服上的肉汁污漬依舊醒目，而且——睜大你們的眼睛看好了，他的雪茄點燃了。我們向彼此問候的方式比平常更誇張，彷彿這些間歇性的分離突然變得太冗長、無必要，讓他和我都無法承受。

少尉還是在書架那邊，他站著讀他抽出的某本書，顯然非常投入。（我到最後都不知道他看的是哪本書。）希爾斯本太太看起來相當沉著，甚至可說是神采奕奕，我想她以水粉餅補了妝。她現在坐在沙發上，最遠離新娘叔公的那個角落。她正在隨意翻閱一本雜誌。「喔，太棒了！」她一看到我放到咖啡桌上的托盤，便用派對時的那種大嗓門說。她愉悅地對著我微笑。

「我只放了一點點琴酒。」我開始攪拌壺中液體，並對她說謊。

「現在這裡好棒，好涼爽。」希爾斯本太太說：「話說，我可以問你一個問題嗎？」說完，她放下雜誌，起身，繞過沙發來到桌邊。她伸手，一根手指擺到牆壁掛的其中一張照片上。「這漂亮的小朋友是誰？」她問我。如今冷氣順暢、穩定地運作著，她也有時間可以去補妝，所以她不再是七十九街施拉弗特外那個萎靡又羞怯的小女孩了。她對我說話時又找回了她所有的淡漠沉著，當我剛跳上車時、在新娘祖母家外頭時、當她問我是不是迪基．布里根薩時，她都駕馭著那分沉著。

我停下攪拌湯姆可林斯的手，繞過去她那裡。她塗著指甲油的指甲扣在一九二九年《聰明寶貝》來賓全體照上，指著一個小朋友。我們七個人坐在圓桌邊，每個小孩前方都有一支麥克風。「這是我有生以來看過最美的孩子。」她說：「你知道她看起來有點像誰嗎？我說她的眼睛和嘴角。」

大約在這節骨眼上，有些蘇格蘭威士忌（差不多一根手指高的量吧，我想）開始對我產生影響了，我差點脫口說「迪基．布里根薩」，但某種告誡性的念頭還是勝出了。我點點頭，說出一個動作片女演員的名字，伴娘在下午稍早談到縫九針時也提到了她。

希爾斯本太太瞪著我。「她當時是《聰明寶貝》的參加者嗎？」她問。

「參加了兩年，對，天啊，對。用的當然是她的本名，夏洛特．梅休。」

少尉如今站在我身後，右手邊，看著照片。一聽到夏洛特的藝名，他便從書架那裡走過來了解狀況。

「我不知道她小時候上過電台節目呢！」希爾斯本太太說：「我不知道！她小時候就很優秀嗎？」

「不，她大多時候就只是很吵，真的。不過她當時的歌喉就跟現在一樣好了。她也是一個很棒的精神支柱。她通常會做些安排，讓自己坐播音台時坐在我哥西摩隔壁。當他在節目上說出任何令她開心的話時，她就會踩他的腳。那就像捏一下別人的手，只不過她是用踩的。」進行這小小佈道會時，我的雙手放在桌邊一張直背椅最上層的橫槓上，結果它們突然滑走了——頗像是某人撐在桌面上或吧檯上的手肘突然「失足」。我失去平衡，不過幾乎在下一個瞬間就找回了平衡，希爾斯本太太和少尉似乎都沒注意到。我盤起雙手。「西摩在某些夜晚表現特別好——回家時腳會有點跛。我說真的。夏洛特不只踩他的腳，還會用踩的。他不在乎，他喜歡吵鬧的女孩。」

「呃，聽起來可真有趣，不是嗎？」希爾斯本太太說：「我真的從來不知道她上過電台節目之類的。」

「事實上，是西摩讓她上節目的。」我說：「她是一個整骨醫生的女兒，他們住在河濱道上的房子。」我再度將雙手擺回直背椅的橫槓上，前傾身體，一方面是為了支撐自己，另一方面想表現得像一個痞子追憶者。此時，我的聲音在我自己耳中聽起來格外悅耳。「有次我們在玩階梯球[6]……有任何人感興趣嗎？」

「有！」希爾斯本太太說。

「某個下午放學後，我們在某棟房子的側邊玩階梯球，西摩和我。後來有人從十二樓朝我們丟彈珠，後來才發現那是夏洛特。那就是我們認識的經過。那一週我們就讓她上了節目。我們甚至不知道她能唱歌，只是因為她紐約腔太美了，我們才希望她出場。她有迪克曼街的口音。」

希爾斯本太太發出銀鈴般的笑聲，當然了，就是對敏感的軼事蒐集者宣判死刑的那種笑，不論他有沒有沾酒精都難逃破滅。她顯然一直在等我把話說完，她才能專心地吸引少尉的注意。「你覺得她像誰？」她糾纏不清地問：「尤其是眼睛和嘴角的地方，會讓你聯想到誰？」

少尉看著她，然後再望向照片。「妳是問照片裡的樣子，她小時候的樣子，」他說：「還是她現在的樣子？電影裡的樣子？妳是指哪一個？」

「說真的，**我**覺得兩個都很像，不過這張照片裡的模樣特別像。」

少尉仔細端詳照片——在我看來態度相當嚴肅，他彷彿一點也不認可希爾斯本太太對他發號施令，因為她畢竟是個平民，又是一介女子。「穆瑞爾，」他簡短地說：「照片裡的人像穆瑞爾，頭髮等等的部分。」

「正是！」希爾斯本太太說，轉頭看我。

「**正是**。」她又說了一次，「你見過穆瑞爾嗎？我是說，你有沒有看過她把頭髮盤成一個可愛的大——」

「今天之前，我從沒見過穆瑞爾。」我說。

「呃，好吧，聽我說的準沒錯。」希爾斯本太太用食指點了幾下照片，令人印象深刻。「那孩子可以當那個年紀的穆瑞爾的**替身**呢，完全是一個模子印出來的。」

---

6 一種規則近似棒球的球類遊戲。打擊者使力將球扔向階梯，讓它飛向身後對街的野手。野手接到球前的彈掉次數決定打者上幾壘。

威士忌穩定地滲入我的五臟六腑，我無法將她的話全聽進去，更無法思考它背後可能存在的盤根錯節。我走回咖啡桌那裡（只有一點點像直線前進吧，我想），然後回頭攪拌那壺湯姆可林斯。我回到新娘叔公附近後，他試圖引起我注意，想向重新現身的我打招呼，但剛剛有人聲稱穆瑞爾神似夏洛特，讓我大為分心，無暇回應他。我同時感到有些頭暈，有個強烈的衝動要我坐到地上攪拌，但我沒放縱自己。

一、兩分鐘後，正當我準備倒飲料時，希爾斯本太太問了我一個問題。它悠揚地從房間另一頭飄來，悅耳動聽。「伯威克太太之前剛好提到一場意外，我可以問那到底是怎麼一回事嗎？會很過分嗎？我是說她提到縫九針的事情。你哥不小心推了她一下還是怎樣？」

我放下飲料壺，我的動作使它顯得格外沉重、難拿，然後望向她。妙的是，儘管我有點頭暈，遠方的畫面在我眼中也沒有半點模糊。做為房間另一頭的視覺焦點，希爾斯本太太甚至是清晰耀眼的。「誰是伯威克太太？」我說。

「我太太。」少尉的回答有點太簡短了。他現在也看著我了，彷彿要以一人委員會的立場調查我調飲料為何調那麼久。

「喔，當然是她了。」我說。

「那是意外嗎？」希爾斯本太太逼問：「他不是故意的，對吧？」

「喔，**老天啊**，希爾斯本太太。」

「你說什麼？」她冷冷地說。

「抱歉，不要管我，我有點醉了，我大約五分鐘前在廚房幫自己倒了一大杯——」我打住，突然轉過身去。我聽到未鋪地毯的走廊傳來熟悉的聲音，沉重的跺步聲。聲音朝我們……衝著我們逼近——速度極快。下一個瞬間，伴娘大搖大擺地進了房間。

她沒看任何人。「我總算聯絡到他們了。」她說，嗓音平板得很古怪，先前的加重語調連半點痕跡都不剩了。「在大約一個小時後。」她的表情看起來緊繃又過熱，已到了爆炸的臨界點。「那是冰的嗎？」她說話的同時沒止步，也沒等人回答，直接來到咖啡桌邊。她拿起我大約一分鐘前倒到半滿的杯子，貪婪地一飲而盡。「這是我這輩子待過最熱的房間。」她說（使用的是一種頗客觀的語氣），並放下空杯。她拿起飲料壺，又倒了半杯，冰塊發出連串的叮咚、噗通聲。

希爾斯本太太人已在咖啡桌附近。「他們怎麼說？」她不耐地問：「妳和蕾雅談過了嗎？」

伴娘先喝了一口飲料。「我和所有人都談過了。」她說，放下杯子，嚴厲但（就她而言）異常平淡地強調「所有人」三個字。她先看希爾斯本太太，然後看我，最後望向少尉。「你們可以鬆口氣了。」她說：「一切狀況都很好，順利極了。」

「什麼意思？怎麼啦？」希爾斯本太太語氣尖銳。

「就像我說的。新郎不再對幸福懷抱厭惡了。」伴娘說話時典型的音調變化恢復了幾分。

「怎麼會？妳跟誰談？」少尉對她說：「妳是和費德太太談嗎？」

「我說我和所有人都談過了。所有人，除了臉紅的新娘。她和新郎一起私奔了。」她轉頭對我說：「話說你在裡頭加了多少糖？」她不爽地問：「喝起來實在很——」

「**私奔？**」希爾斯本太太說，手按上自己的喉嚨。

伴娘看著她。「好啦，現在放輕鬆點就對了。」她提出建議：「這樣妳會活久一點。」

希爾斯本太太呆滯地坐到沙發上——事實上就坐在我旁邊。我抬頭盯著伴娘，而且確定希爾斯本太太也立刻跟進了。

「他們回到公寓時，他顯然就在裡頭。於是穆瑞爾起身，收拾行李，兩個人就走了，事情就是這樣。」伴娘闡述性地聳聳肩，再次拿起杯子，喝完飲料。「總之，我們所有人都獲邀前往宴會了。或者要用別的名字稱呼那活動也行，既然新郎、新娘都已經**離開**了。我猜，那裡已經有一大票人了。每個人在電話上聽起來都很**歡喜**。」

「妳說妳和費德太太聊過了，她怎麼說？」少尉問。伴娘搖搖頭，神祕兮兮的。「她很棒。上帝啊，那女人真不得了。她說話的語氣尋常到了極點。我猜……我是說，根據她的說法，西摩已經答應要去看精神分析師，好好解決問題了。」她再度聳聳肩。「誰知道呢？也許最後一切都會擺平。我太累了，沒力氣再想這些了。」她看著丈夫。「我們走吧。你的小帽子呢？」

我回過神時，伴娘、少尉、希爾斯本太太都排成一排往前門移動了，而我身為主人，跟在他們後方。我現在走路搖晃得很誇張了，但沒人回頭，所以我想他們還是沒發現我的異狀。

我聽到希爾斯本太太對伴娘說：「妳要繞過去看看嗎？」

「我不知道。」對方回覆：「就算會去也只會待一下。」

少尉摁下電梯鈴，然後他們三人陰鬱地站在那裡，盯著樓層轉盤看。似乎不再有人需要交談了。我站在公寓門口，他們的幾英尺外，頭昏眼花地看著。電梯門開啟時，我大聲向他們說再見，而他們三人同時轉過頭來看我。「喔，再見。」他們呼喚。電梯門關上那一刻，我還聽到伴娘大喊：「謝謝你的飲料！」

*

我回到公寓，步伐極不穩，邊晃邊試圖解開短上衣的鈕釦，或者說扯開它。

剩下的一個客人，在我回到客廳時奉上毫無保留的喝采——我先前忘了他的存在。我走入客廳的同時，他舉起一個裝滿的杯子。事實上，他根本就朝著我揮動杯子，頭點呀點的，咧嘴笑著，彷彿我們兩人期待已久的，重大、喜樂的時刻終於到來了。我發現我為這次重逢展露的笑顏無法與他匹配，不過我記得我拍了他肩膀幾下。接著我走向他正對面的沙發，一屁股坐下，繼續把我的外衣拉開。「你無家可回嗎？」我問他：「誰照顧你？公園裡的鴿子嗎？」我挑釁地拋出問題，而我的客人的回應是更加熱情地向我敬酒，向我揮動他的湯姆可林斯，彷彿那是個啤酒杯。我閉上眼睛，往沙發一倒，翹腳伸直。但這姿勢使房間天旋地轉。我坐起身，腳一甩，放到地上——這動作太猛且太不協調，我得以手撐住咖啡桌才能保持平衡。我癱坐了一、兩分鐘，閉著眼睛。接著，我沒起身，手直接伸向那一壺湯姆可林斯，幫自己倒了一杯，灑了一大堆飲料和冰塊到桌面和地板上。我手拿裝滿調酒的杯子，又多坐了好幾分鐘，一口都沒喝。後來我將杯子放到咖啡桌上，放到淺淺的一攤水中。「你想知道夏洛特為什麼會縫那幾針嗎？」我突然問。在我聽來，我的語調跟平常一模一樣。「那時我們在湖邊。西摩寫信給夏洛特，邀請她來訪，她媽最後總算讓她去了。事情是這樣的，某天早上她坐在車道中央摸布布的貓，西摩朝她丟了一顆石頭。他那時十二歲。事情就那麼單純。

他丟她石頭是因為她太美了，她坐在車道上與布布的貓相伴的畫面太美了。上帝在上，所有人都知道這件事——我、夏洛特、布布、韋克、華特、全家人。」我盯著咖啡桌上的白鑞菸灰缸。「夏洛特從來沒跟他談過這件事，半個字都沒說。」我抬頭看著我的客人，有點期待他質疑我、說我是騙子。我是個騙子，當然了。夏洛特始終不明白西摩為什麼要朝她扔石頭。不過我的客人沒質疑我，他的所作所為正好相反。他對我露出鼓勵的笑容，彷彿我針對這件事發表的任何言論都會被他視為絕對的事實。然而，我起身，離開了客廳。我記得我穿過客廳的半路上，曾考慮回頭撿起地上的兩顆冰塊，但那對我來說似乎太費力了，於是我繼續在走廊上前進。經過廚房門口時，我脫下了（剝下了）短上衣——扔到地上。當時那位置看起來就像我固定放外衣的地方。

進入廁所後，我在洗衣籃前方站了好幾分鐘，內心糾結：我到底該不該拿出西摩的日記，再次閱讀它？我不記得我提出什麼論點了，無論是贊成還是反對的，但總之我最後打開了洗衣籃，拿出日記。我再度坐到浴缸邊緣，快速翻頁，來到西摩寫的最新一篇：

「剛剛有人又打了電話給飛機保養場。如果上頭保持暢通，我們顯然可以在天亮前動身。奧本海姆要我們別屏住呼吸。我打電話給穆瑞爾告訴她狀況。怪了，她接起電話，一直說『喂』。我的聲音傳不過去，她差點就掛斷電話了。要是我能再冷靜一點就好了。奧本海姆打算躺到飛機保養場回電為止。我也應該照做，但我太激動了。我真的打了通電話給她，最後一次請求她隻身和我離開，然後結婚。我太緊張了，無法跟其他人共處。我感覺像是要誕生到這世上了。好神聖，好神聖的一天。線路狀況很糟，通話期間我幾乎什麼都說不了。當你說『我愛你』，電話另一頭的人卻大吼『啥？』來回應。這是多麼糟糕的事啊。我一整天都在讀吠檀多經。婚姻伴侶要侍奉彼此，要提升、協助、教導、增強彼此，不過最重要的是侍奉彼此。光榮、親愛地養育兒女，且要懷著超脫之心。孩兒是家中的賓客，你要愛他、敬重他——但永遠無法擁有他，因為他屬於神。多麼美好、理智，這道理綺麗難行，因而真切。我有生以來首度感受到責任帶來的喜悅。奧本海姆已經躺平了。我也該睡，但我無法。總得有人徹夜不眠，陪伴滿心歡喜者。」

我只將這篇讀完一次就闔上了日記，帶著它回臥房，扔到窗邊座位上西摩的帆布包內。接著我還算慎重地倒到成對雙人床中離我較近的那張。我還沒碰到床就睡著了（或者可能是昏死了），至少感覺是那樣。

大約一個半小時後，我醒了過來，頭痛欲裂，口乾舌燥。房間一片漆黑。我記得自己在床邊坐了相當長的一段時間。接著，在強烈口渴的驅使下，我起身，緩緩被吸向客廳，希望咖啡桌上的飲料壺中還剩一些又冰又溼的調酒。

我的最後一個客人顯然已離開公寓了，只有他的空杯以及白鑞菸灰缸上一小截雪茄顯示他真的存在過。我至今還是有個頗強烈的想法，就是我當初應該要把雪茄交給西摩才對，那就是個典型的結婚贈禮。只送那截雪茄，裝在一個小小、美美的盒子裡。可能再放張紙條進去，給他一個解釋。

西摩傳

演員的在場總是令我深信，驚駭地深信，我至今針對他們所寫的文字都有謬誤。謬誤之處在於，我書寫它們時懷著堅定的愛意（就連現在，當我書寫時，這句子也產生了謬誤），但我具備的書寫能力是不對等的。這不對等的能力無法高聲、正確地描寫真正的演員，反而遲鈍地迷失在愛意之中。這愛意永遠無法滿足於我的能力，因此它認為，避免行使該能力是在保護演員。

這（若要打個比方）就像是作家有了筆誤，而這個文書錯誤產生了意識。也許它並不是個錯誤，也許從一個極高的角度來看，它位居整段闡述的本質地帶。那麼，這文書錯誤就像是要反抗作家似地，基於它對他的恨。它彷彿禁止他更正它，彷彿說：「不，我不會被消除的。我會挺立於此，證明你是一個彆腳的作家。」

有時候，老實說，我會覺得這選擇很渺茫，不過總之在四十歲這階段，我會將普通讀者，即我多年的酒肉朋友，視為最後一批徹底當代的知己，而早在我進入二十歲前，我個人所知範圍內最令人振奮、本質上與「傲慢」最無緣的大眾工藝家便煞費苦心地要我試著穩定、清明地維持讀者與作者之間的禮儀，不論這關係有多麼古怪或糟糕。他打從一開始就預見我的狀況了。問題是，一個作家如果不知道他讀者大致上的模樣，他又該如何留意禮儀呢？知讀者而不知禮儀是相當普遍的狀況，這是肯定的，但一個寫故事的人何時會被問及他心目中的讀者形象呢？在此我要接著表達我的論點了（我不認為這論點能在沒完沒了的堆砌中存活下來）：幸運的是，我對**我的**一般讀者該有的了解，我差不多在好幾年前就全都掌握到了。一般讀者，指的恐怕就是**你**了。我擔心你會全盤否認，但我實在也沒立場相信你的說法。你是一個無比愛鳥的人，就像是約翰．布坎短篇小說〈史庫爾島〉裡的一個角色。某次自修時間我們被放牛吃草，阿諾．L．修格曼二世便催我讀了它。你一開始就為鳥痴迷，因為牠們使你的想像力奔騰。牠們使你驚豔，因為「牠們彷彿是最接近純粹靈體的受造物——那些小生物的正常體溫是攝氏五十度。」也許就像約翰·布坎一樣，你的心中冒出了許多令人激動的相關念頭；你還可能會想起這些，毋庸置疑，「胃不若豆大的戴菊飛越北海！彎嘴濱鷸在極北處繁衍，大約只有三個人看過牠們的窩。牠們會到塔斯馬尼亞度假！」當然了，希望我自己的一般讀者剛好是看過彎嘴濱鷸窩的那三個人之一，是一種奢求，但至少我覺得，我對他——對你的了解程度夠深，猜得到我此刻採取什麼善意行動會受到歡迎。那麼，我長年的密友啊，在這種**我只偷偷告訴你**的氣氛中，在我們加入其他人的行列之前……這裡的其他人指的是受過基礎訓練的各方人士，包括（我很肯定）堅持要帶我們飆上月球的中年改裝車手、達摩流浪者、為思想家製作香菸濾嘴的人、垮世代和懶鬼和莽撞鬼、知道我們該以及不該對我們小小性器官做什麼的所有崇高專家、所有蓄鬍又驕傲又沒教養的年輕人以及技巧超爛的吉他手以及禪宗老大以及混合審美觀的泰迪男孩，那些無知又徹底瞧不起這個瑰麗星球的傢伙（請不要摀住我的嘴），明明吉佬兒[7]、耶穌基督、莎士比亞都曾在這裡駐足——在我們加入這些他者的行列之前，我要偷偷告訴你，我的老友（其實應該要說偷偷告知你才對），請接下我這束含蓄的、過早盛開的括號之花：（（（）））。不過，我猜我真心希望你可以先將它視為一個弓形腿（O形腿）預兆，它預示了我寫這段文字時的身心狀態。從專業的角度來說，這是我唯一真心喜歡的說話方式（還有，我說九種語言，持續不斷地說，其中四種已徹底死滅——說這些是為了更加降低我討好他人的程度）——從專業的角度來說，我要再次強調，我是一個快樂的人，快樂到迷醉狂喜的程度。我過去從來不曾這樣。喔，也許有過一次吧，當時我十四歲，我寫了一個故事，裡頭的每一個角色都有海德堡鬥劍疤痕——包括主角、反派、女主角、她年邁的保母、所有馬

7　二戰期間流行一種塗鴉：翻牆的大鼻子男搭上「吉佬兒到此一遊」幾個字，但吉佬兒（Kilroy）所指不詳。

和狗。也許可說，我當時快樂得**很有道理**，但沒有到迷醉狂喜的地步，不像現在這樣。重點在於：我剛好知道一件事，也許我最清楚的莫過於這件事，那就是一個快樂到迷醉狂喜的文字寫手通常會把身邊的人累壞。當然了，處於此狀態的詩人顯然是最「難搞」的，但是呢，就連受類似症狀侵襲的散文作家與體面的人為伍時，他也無法控制自己的行徑，他沒有真正的選擇權；發作就是發作，不論那到底具不具備神性。我認為一個散文作家快樂到迷醉狂喜的地步時可以在書頁上留下許多美妙佳句（最佳的句子，我衷心期望），但我猜另一個事實，無比自明的事實是，他會不懂節制、無法拿捏分寸、難以力求簡潔；他幾乎會失去他的所有簡短段落。他無法超然地面對（或極少能面對，往往心懷疑慮地面對）低潮。緊接在快樂這種龐大又猛烈的事物之後，他勢必會喪失規模雖小，但對作家而言總是頗為細膩的喜悅；出現在書頁中，靜靜坐在籬笆上的那種喜悅。我想，最糟糕的是，他不再照料讀者最迫切的需求了，不再立於那崗位上了；所謂迫切需求，就是看作者該死地把故事說下去。幾個句子前的那不祥的括號大禮，正是基於此才獻給你的，算是吧。當一個作者據稱是在說故事時，我發現許多才高八斗的讀者無法忍受括號內的解釋。（我們收到許多信件給我們建議——其中大部分的信顯然是準備要寫論文的人寄來的，他們懷著自然、牧歌式的衝動，利用課餘時間偷偷寫信。我們會讀信，且通常會信服；不管寫得好、壞、中立，任何一串英文字都會吸住我們的目光，彷彿它們出自普洛斯彼羅之手。）我要在此告知，從現在起，除了我的旁白會持續肆虐之外（事實上，我不確定等一下會不會出現一、兩個注腳），我還堅決打算，每當我看到偏離疲軟劇情主線但看起來刺激或有趣，且值得湊上前去一探的事物時，我就會親自撲到讀者背上。在此，速度（上帝救救我這美國人吧）對我而言一點意義也沒有。然而，有些讀者只需要最克制、最古典，也可能是最靈巧的吸睛手段，而我建議（我拿出一個作家建議這類事情時所能展現的最大誠意）他們立刻離開，趁著離開還很美好且容易（我可以想像）之時。我們繼續往下走的路上，我八成會持續為你指出可利用的出口，不過我不確定我還會不會裝出全心投入於這件事的樣子。

我想藉由一些慷慨的字句重新出發，談本文開頭的兩段引用。「演員的在場……」出自卡夫卡手筆。第二段「這（若要打個比方）就像是作家有了筆誤」則是齊克果的文字。（想到這段齊克果的話可能會打中幾個存在主義者以及幾個書似乎出版太多的法國官僚以及……我就想拚命搓手，而為了避免露出這醜態——嗯，只能給大家小小的驚喜[8]了。）我並不真心、深切地覺得一個人引用他心愛作家的文字非得有無懈可擊的理由，但我向你保證，如果他引用了，效果總是會很棒。在本案例中，這兩段文字（尤其是連續排列的情況下）似乎巧妙地表現出四個死人（不只卡夫卡和齊克果）某種意義上最棒的部分。四個在不同方面聲名狼藉的病態男子，或者說對世界適應不良的單身漢（四人當中可能只有梵谷不會以客座角色的身分在書中登場）。當我想要獲取當代藝術進程的絕對可靠情報時，我經常碰上他們——偶爾是在深陷苦惱時。大致上來說，我摘錄那兩段文字是為了直截了當地表現我自認採取的立場，我面對我在此打算蒐集的大量資料所採取的全面性立場——我不介意告訴你，在某些類型的群體中，作者不能把那事講得太明，或太早道破。不過呢，就某個角度而言，認定、寄望這兩段引言為較新型的文學評論家帶來某種可想像的即時便利性，對我來說會是有益的。這裡說的新型文學評論家，是指花費大把時間（且往往懷著日漸短少的榮譽心）泡在我們忙碌的新佛洛伊德派藝術暨文學診所的許多勞動人士（我猜你**可以**直說軍人）。也許尤指那些還非常年輕的學生以及菜鳥臨床醫生吧，健康的心理狀態從他們身上含蓄地迸裂而出，他們（我想這點無可否認）沒有遺傳到任何病態的對美的愛好[9]，打算未來專攻審美

8　作者注：這溫和的毀謗完全該受譴責，不過偉大的齊克果從來不是齊克果學家，更不是存在主義者，這事實不斷令三流知識分子雀躍笑開懷，也總是令他再次確認自己對詩學正義的信仰——若他信的不是詩學聖誕老人的話。

9　原文用法文，attrait。

病理學。（我十一歲那年，還穿著尼克博克短褲時，看一群知名的專業佛洛伊德派分析師花六小時又四十五分鐘的時間盤查我在這世界上最愛的藝術家兼**病態人士**，此後我便一直冷酷地看待審美病理學這個主題，說真的。我的想法不怎麼可靠，但我認為他們差點就要用顯微鏡看他的腦漿了，而且我總覺得他們打退堂鼓的原因是當時已經三更半夜了——凌晨兩點。冷酷，我確實是想表現出冷酷。不是難搞，不是。不過我感覺得到那界線，或那木板很窄，但我還是想試著在那上頭繼續走一會兒。我是否已做好準備先不提，總之我已經等好幾年了，等著要蒐集這些感傷，然後擺脫掉它們。）當然了，超凡脫俗、具備聳動創造性的藝術家身邊總是有五花八門的流言滿天飛——在此，我只暗指畫家、詩人、徹頭徹尾的詩人[10]。其中一則傳言（目前為止這是最令我振奮的一則）是，就算在接受精神分析前的黑暗年代，他也從未衷心崇敬他的職業評論家，事實上，他經常運用他基本上不甚健全的社會觀察，將那些評論家視為以下這些人的同路人：真正[11]的出版商、藝術代理人，以及其他興旺到也許引人嫉妒的藝術陣營的追隨者，那些人有機會的話一定會想做更不一樣、更乾淨的工作（他在這一點上極少退讓）。但我想，大家最常聽到的，對「創造力異常旺盛但病弱體衰的詩人或畫家」的看法之一是（至少在現代是）：他必定是某種超級神經過敏者，而且是「經典」到無庸置疑的那種；偶爾希望脫離邊緣，但從未衷心希望放棄其邊緣性的邊緣人；或者用英語說，他就是一個**病態人士**，儘管據悉他幼稚否認，但他發出痛苦哀嚎的次數絕不算少，他慘叫得像是全心全意要放棄他的藝術和靈魂，好去體驗其他人心目中的美善，然而（傳言還沒完呢），當他那個看起來無益健康的小房間被撬開，某人（來的頻率可不算低，而且是真心愛他的人）激動地問他哪裡痛時，他要不是否認，就是無法進行任何有利就醫的討論。在早上，在這個連偉大詩人與畫家應該都會比平常感覺舒爽一點的時

10　原文用德文，Dichter。

11　原文用德文，echt。

刻，他展現出前所未有的倔強決心，就是要見證他的病魔繼續壯大下去，彷彿接受又一個（很可能是）**週間平日**的日光洗禮後，他想起了所有人都難逃一死，而且都會死得很不甘願，就連健康者也不例外。不過**他**很幸運，至少宰掉他的會是他所知範圍內最能激勵人心的夥伴，它到底是不是疾病並不重要。在這段近乎爭辯的文字當中，我不斷拐彎抹角地暗示一位已逝藝術家的存在。大體而言，身為該藝術家的近親，我這樣說聽起來可能是一種變節，但我還是不認為有誰可以理性推論出上述傳言（兼重要議論）缺乏相當的實情做為基礎。當我卓越的近親還在世時，我像老鷹般（我有時覺得這幾乎不是譬喻了）觀察著他。用任何理性的定義去丈量，他都**是**一個不健康的標本。他在狀況最糟的夜晚和傍晚的**作為**，不是發出痛苦的哭喊，而是求救的哭喊，而有名無實的援兵抵達後，他又**堅持**拒絕用旁人可完美理解的語言描述他的疼痛部位。儘管如此，我還是要公開斥責應對這些問題的所謂專家——學者、傳記作家，尤其是現在位居統治階級的權貴知識分子，讀過一、兩家大型公立精神分析學院的那種。我最刻薄的斥責是針對**這個**：當病人喊痛時，他們無法妥當地聆聽。當然了，他們辦不到。他們聽不懂。憑靠錯誤的器材，憑靠他們的理解力，誰有辦法只藉由辨別聲音與其性質，來追溯痛苦的根源？憑靠如此悲慘的聽診工具，他們能檢查到的，或許能證實的，我想頂多只有來自苦惱童年或失調欲力的零星泛音罷了——那甚至稱不上對位旋律。不過，至今為止那巨大的、塞滿一整輛救護車的痛苦，到底是從何而來的呢？它**肯定**的源頭是什麼？真正的詩人或畫家難道不是先知嗎？事實上，他難道不是地球上唯一一個先知嗎？這角色顯然不會由科學家擔綱，也絕對沒有精神分析師的份。（當然了，精神分析師當中唯一一個詩人，就是佛洛伊德本人；他自己的耳朵也出了些問題，這毋庸置疑，不過有哪個神智清明的人能否定這操縱者是個空前的詩人？）請原諒我，我快說完了。說到先知，他身上的哪個部位必須承受最大量的傷害？肯定是**眼睛**。各位親愛的一般讀者，我想請你再遷就我最後一次（如果你還沒拋下書的話），重讀我一開始引用的，卡夫卡和齊克果寫的那兩段短文吧。答案**很清楚**不是嗎？那些吶喊難道不是直接出自眼睛嗎？就算驗屍官以報告提出反駁（他宣稱死因是癆病或寂寞或自殺），正牌藝術家／先知的真正死因不就是那麼一目了然嗎？我說（還有接下來我寫的所有文字會成立或站不住腳，很有可能是由我的論點是否至少**接近**正確而定）——我說正牌藝術家／先知，那些有能力也確實產出美得具神性的傻瓜，主要是被他自己的顧忌，被他神聖的人類良知的耀眼形狀與顏色炫目至死的。

我說完我的信條了。我往椅背一靠，我嘆了口氣——這恐怕是快樂的嘆息。我點了一根穆拉德土耳其菸，然後呢，上帝在上，我繼續寫其他事。

現在呢，我要談談本篇標題的第三個字，靠近天幕頂端的「傳」字——會處理得輕快一點，如果我辦得到的話。我這裡要寫的主要角色，是我已逝的大哥，西摩．格拉斯，至少在我神智清明、有辦法說服自己安靜坐好的換場幕間，他會是焦點所在。他（我想我偏好用一個訃告般的句子來表達）卒於一九四八年，享年三十一歲，與妻子至佛羅里達度假期間自殺身亡。尚在世時，他對許多人而言是許多面向的傑出人物，對我們這個大家庭的弟弟妹妹而言，幾乎等於是全世界。當然了，他在我們眼裡就像是各種**真實**存在的事物：他是我們的藍紋獨角獸、我們的雙鏡片放大鏡、我們的天才顧問、我們的隨身良知、我們的貨物管理員、我們唯一的頂尖詩人，而且我想，他也無可避免地是……畢竟，沉默寡言不僅不是他最擅長的技能，他還在全國性兒童猜謎電台節目擔綱主要來賓，度過了將近七年的童年時光，因此某種意義上，沒被播送出來的部分所剩無幾……無可避免地，我認為他同時是一個頗為惡名昭彰的「神祕主義者」兼「瘋癲型人物」。既然一開始，我的行文顯然就走橫衝直撞路線，那就讓我更進一步表明（要是人能在同一時間表明和吶喊該有多好）一件事吧：不論他腦袋裡有沒有裝著自殺計畫，他都是我唯一一個經常聯繫、經常一起走跳的人，在我看來，他大多數時候的表現可說都與一個古典概念相符——解脫者，響叮噹的開悟者，識神者。不管怎麼說，他的人格特質與**我**所知的任何正統派簡潔文體都不相容，我也想不到有誰（更不用說我了）能一氣呵成地寫他這個人，或用一系列簡單的場景交代他的事蹟，不論單位是年或月。重點來了：我原本打算在這開放空間寫一篇短篇小說，標題叫〈西摩一〉，大大的「一」對我巴迪．格拉斯來說是一種內建的便利性，對讀者來說更是——它快速、頗有助益地提醒大家，這篇短篇小說理論上會有後續（西摩二、三，可能還會有四呢）。那些計畫不存在了。或者說，即使它們存在（我猜這比較接近實際狀況），也潛伏到地下去了，也許知道我準備好後會敲三下告知它們吧。不過在目前的狀況下，書寫我哥的這個我，絕非一名短篇小說家。我想，我應該**是**一本百科全書，裡頭彙整了他的相關評價，非超然的序言式評價。我認為基本上，我扮演的只是絕大多數時候我持續扮演的角色——一個敘事者，然而是懷有迫切個人需求的敘事者。我想介紹，我想描述，我想將紀念物、護身符發給大家，我想打開錢包、拿出快照讓大家傳閱，我想隨心所欲地書寫。在這樣的心境下，我不敢靠向短篇小說的周圍，因為它會將肥嫩、渺小的不超然派寫作者（像我這樣的人）生吞活剝。

但我有許多、許多聽起來並不怎麼恰當的事情要告訴你們。比方說，關於我哥的事，我說了許多、貼了許多標籤，時機甚早。我覺得你們**肯定**都注意到了。你們也察覺到一件事（我知道它沒有徹底脫離**我的**照料範圍），那就是目前為止我訴說的西摩事蹟都涉及活靈活現的頌揚。這讓我猶豫了，好吧。就算我書寫並不是為了掩藏事實，而是挖掘真相，並且有很高的機率是加以讚頌，我想那些滿地跑的，沉著、不感情用事的敘事者的面子也絕不會受損的。**假使**西摩沒有值得被寫出來（至少在匆促之際想不到）的嚴重錯誤、惡行、卑鄙之處，那他到底是什麼樣的人？**聖人**？

幸好，回答那問題不是我的責任。（喔，今天真幸運！）容我換個話題，毫不遲疑地告訴你一件事吧，他有五花八門多如亨氏醬料的人格特質，敏感度或易怒度的時序間隔各異，家中每一個成員簡直都被逼到想要藉酒澆愁了。首先，有些人會在最詭異之處尋找上帝蹤跡（他們顯然都獲得了巨大的成功），例如電台播音員、報紙、跳錶被動過手腳的計程車，真的是各種地方。（順帶一提，我哥成年後大半時間有個令人困擾的習慣，就是會用食指將菸灰缸裡的菸蒂撥到角落，還邊大大地咧嘴笑，彷彿期待看到基督本人無邪地蜷縮在香菸中段。他每次做這件事都不會失望。）這些尋找上帝的人顯然都有一個頗糟糕的共同特徵，高階信徒、無教派者及其他人會有的特徵。（我體恤地將所有基督徒包含在我所謂的「高階信徒」當中，且借用偉大的維韋卡南達的用語，亦即「見到上帝，你就成了基督徒；其他只是空談。」）這個最常產生識別性的特徵是：行為舉止像個蠢蛋，甚至弱智者。當一個家庭中有貨真價實的大人物，但家人又不能指望他表現得像個大人物時，他對家人而言就成了一個磨難。我差不多要停止貼標籤了，但此刻我還不能罷手，我得先舉出他最折磨人的人格特質。那跟他的說話習慣有關——或者說，跟他的說話方式之破格有關。他一旦開口，話要不是少得像特普拉派修道院的門房，要不就是滔滔不絕。當他上緊發條時（精確地說，幾乎每個人都不斷在上他的發條，然後呢，他們當然就會迅速坐近，好吸收他分享的知識）——當他上緊發條時，滔滔不絕地連說好幾個小時的話根本不算什麼，偶爾甚至不會注意到房間裡有一個、兩個還是十個人，完全無挽回的餘地。我萬分堅定地指出，他是個長舌起來靈感泉湧的人，不過我還要**非常**委婉地告訴大家，就連極有造詣的長舌之人也無法時時使聽眾保持喜悅。我應該要補充說明一下：我說這些不是因為有一股教人反感的顯著衝動要我「公平」對待我的隱形讀者——我想原因比那糟多了。我提起他的長舌是因為，這個口若懸河之人幾乎可以承受任何程度的詆毀。至少肯定受得了我的批判。我所處的立場非常獨特，既能坦率地直呼我哥**口若懸河之人**（我認為這是相當惡毒的說法），同時還能悠哉地靠著椅背，像個（恐怕相當像吧）滿手王牌之人，毫不費力地想起一大堆可為此人開脫的因素（「開脫」實在很難稱得上是精準的描述）。我可以將它們全濃縮在一塊：當西摩在青春期中期（十六、七歲）時，他不只已學會控制自己的本地方言，即許許多多稱不上具菁英色彩的紐約人說話調調，他也已經承接了真格的、切中核心的詩人語彙。他滔滔不絕的言論，他的獨白，他近乎雄辯的說話方式，幾乎從頭到尾都能帶給人愉悅（至少對我們當中的許多人來說是這樣的），有如貝多芬不再受聽覺拖累後所創作出的大作，也許我是想特指（雖然這樣說有點挑剔）降B大調與升C小調四重奏。然而，我們原本可是有七個孩子的家庭啊。而且巧的是，我們家的孩子沒有半個口拙。除了六個天生語彙充沛的表述者和闡述者，還有一位天下無敵的冠軍演說家，真是格外折騰。說實在的，他從未追求那頭銜。他還熱情盼望我們之中有人能在一段對話或爭論中辯贏他，就算只是撐得比他久也好。這小小的期盼更令我們困擾了，儘管他自己當然沒發現——他就跟所有人一樣，有自己的盲點。那頭銜始終是他的，事實不曾改變，不過我想他幾乎會願意獻出人世間的任何事物，只要能讓他擺脫那稱號——這當然是最折磨人的部分，而我再也無法多深入探索個幾年了。他到最後都無法想出一種絕對優雅的方式去執行它。

在這關頭，我不覺得告訴大家「我以前寫過我哥的事」只是在表達友好。說到這個，若有人愉悅地哄哄我，我可能會合理地承認：我書寫時沒寫到他的時候很稀少。假如有人拿槍指著我，要我明天坐下來寫篇恐龍的故事，我肯定會寫個一、兩段調調近似西摩的文字給那位大哥——比方說，恐龍用格外可愛的方式咬掉鐵杉樹頂，或擺動牠三十英尺長的尾巴。有些人（不是密友）曾問我，我那篇小說的年輕主角是不是遺漏了西摩的許多面向。事實上，這些人當中有許多不是用**問**的，而是直接對我這麼**說**。我發現，光是要提出反駁就會害我蕁麻疹發作了，不過我要告訴各位，沒有半個認識我哥的人曾向我提問或說出那類的話——我為此心懷感激，而且算是頗為驚豔，因為我筆下主角之中有一大票人說起曼哈頓腔英語流利又順口，且都有一個共通的天賦：最討人厭的蠢蛋都不敢跨入一步的領域，他們照闖不誤，然後通常會受到一個可粗略視之為山中老人的存有物追趕[12]。但我可以也應該表述一件事，那就是我曾書寫並發表兩篇理論上直接以西摩為主角的短篇小說。兩篇當中較近的一篇發表於一九五五年，相當全面地敘述了一九四二年他結婚日那天的情形。內容鉅細靡遺，可能只差沒將每位婚禮賓客的腳印製成果汁牛奶凍模具送給各位讀者帶回家當紀念品了。不過西摩本人（主菜）事實上從頭到尾都沒現形。另一方面，在我較早發表（一九四〇年代晚期）、篇幅短得多的小說中，他的肉身不僅登場了，還走動、說話、去泡了一下海水，並在最後一段朝自己腦袋擊發了一顆子彈。然而，我有幾個近親（雖然我們四散各地）時常讀我發表的文章並挑一些技術性的小毛病，他們曾小心翼翼地向我指出（有點太該死地小心翼翼了，因為他們通常像文法學家那樣炮轟我），文中那個年輕人，那個「西摩」，那個在我早期短篇故事中走動、說話，更別說還朝自己開槍的人，一點也不像西摩。怪了，他反而和一個人極為相像（嘿咻，不好意思）——那就是我自己。我想他們所言無誤，或至少真確度足以使我感受到巧匠的斥責提點。面對這失禮之行[13]，我沒有好藉口可提，但我也忍不住要告訴大家，那篇小說是在西摩死後的幾個月寫成的，那不久前我（就跟故事中的「西摩」與現實中的西摩一樣）才剛從歐洲戰區歸來。我當時用的是一台修復得不怎麼完善，但也還不算失常的德國打字機。

喔，這喜樂多麼強烈，具備多麼絕妙的解放效果。我覺得我現在可以**盡情**訴說你們期盼已久的事情了。那就是……假如你在世界上最喜歡（如我所知，你是真的喜歡）的事物是正常體溫為攝氏五十度的純粹靈體般的小生物，那麼你第二喜歡的生物自然是會寫**真正的**詩的人——無論他愛神或恨神（幾乎不太會有落在兩者之

12　山中老人（Old Man of the Mountain），位於美國新罕布夏州懷特山脈，由幾塊花崗岩組成如老人臉孔的景觀。二〇〇三年已經坍塌。

13　原文用法文，faux pas。

間的狀況），神聖或浪蕩，道德或徹底悖德。他就是人類之中的彎嘴濱鷸，而我急於訴說我對他的理解，他的飛翔、他的溫度、他不可思議的心臟。

自從一九四八年年初，我便壓著一本活頁式筆記本不放（我家人認為這不是一種譬喻）。這筆記本中有我哥在他生命最後三年內完成的一百八十四首短詩，有些寫於軍中，有些不是，但大多數是，而且是在深陷其中的階段。如今我打算在不久後（我告訴自己，只要幾天或幾週的工夫）放下其中一百五十首詩，讓最早有意出版的出版商帶走它們。這位出版人有件熨過的晨間禮服和一雙相當乾淨的灰色手套，他將詩帶到他陰暗的報社去，之後很可能被套上雙色書衣，外加黑色蝴蝶頁，上頭主打幾句古怪該死的溢美之詞，就是向毫無內疚地公開評論同行創作者作品（他們習慣將較寬容的讚揚保留給朋友、疑似比自己劣等的作家、外國人、不守信的怪人、耕耘其他領域之人）的「知名」詩人和作家乞求來的那種。之後那些詩會登上週日副刊，如果稿不擠，如果格羅弗・克里夫蘭最新、最**具決定性**的大傳記評論沒拖太長的話，就會有某張老面孔、某位薪水中等的學究、某個賺外快的傢伙來將它們介紹給愛好詩歌的大眾；這些人針對「未必聰穎或熱情但簡練的新發行詩集」發表的評介是有可信度的。（我想我不會再拋出這些不中聽的話了，但如果我又開口，我會盡量保持同等的開誠布公。）好啦，既然我壓著這些詩不放的時間已超過十年，告訴大家我決定鬆手、退開的兩個主因應該會讓大家滿意吧——或至少這舉動會健全到令人耳目一新，缺乏故意作對的成分。而我偏好將兩個理由塞在同一段，像裝進圓筒包裡那樣，一方面是因為我喜歡它們緊鄰在一塊，另一方面是因為我有個魯莽的念頭——旅途中我不會再用到它們了。

首先，來自家人的壓力是個問題。這當然是個非常普遍的狀況，甚至可能普遍到我懶得聞問——我有四個尚在世、識字和表達能力強到無法自制的弟弟妹妹，猶太人與愛爾蘭人混血，就算帶點米諾陶的血統也不令人意外。當中有兩個男孩，其中一個叫韋克，以前是四處闖蕩的卡爾特教團僧侶兼記者，如今行動受限，另一個叫卓依，現在也還是蒙神強力呼召和揀選的無教派演員，兩人的年紀分別是三十六和二十九；另外還有兩個女孩，一個是剛起步的年輕女演員法蘭妮，還有一個叫布布，是個活力十足、經濟獨立的威斯特徹斯特郡人妻，兩人的年紀分別是二十五和三十八。自從一九四九年起，這四位要人便斷斷續續透過一系列信件，沒道破但顯然充滿憤恨地向我下達最後通牒，說我要是不**趕快處理**西摩的詩，我就會有什麼下場，這些信件分別來自神學院與寄宿學校，女子醫院的婦產科地面，伊莉莎白皇后號那位於吃水線下的交換學生寫作房，可說是趁著考試、帶妝彩排、晨禱、兩點餵食小孩的空檔間寫成的。我應該要提一件事（也許應該要立刻這麼做）：我除了是個作家，同時也是英語系的兼職教員，任職於離加拿大邊境不遠的紐約上州女子大學。我獨自居住（但沒養貓，我希望大家知道這點）在一個徹底簡樸（還不到令人尷尬）的樹林深處小屋，它位於一座山上，交通較不便的那一側。若扣除掉學生、同事、中年女服務生，我在工作週（甚至可說工作年）期間甚少與人碰面。簡單說，我屬於寫信騷擾得到、霸凌得到的那種文學繭居者，成功率還頗高的。不管怎麼說，人都有極限，而我打開信箱時已無可避免地會感受到一股過度的驚慌，我怕我會發現農具廣告傳單與銀行對帳單之間窩著一張文字冗長又拗口的威脅明信片，它可能來自我其中一個弟弟或妹妹，（以下這點似乎莫名值得補充）他們當中有兩人是用原子筆寫字。我決定放棄那些詩的第二個主因是，從某個角度而言，說真的，讓那些詩出版的情感意義遠低於物理意義。（我要用孔雀般驕傲的態度說：這直接導向修辭的泥淖。）放射性粒子對人體的影響是一九五九年的重要時事，但對過去的愛詩人而言並不怎麼新鮮。在適當使用的情況下，一流的詩句會是絕佳、通常也速效的熱療。有一次，我在軍中患了可稱之為非臥床性胸膜炎的病，時間超過三個月。後來我在上衣口袋裡放一本看起來完全無害的布雷克抒情詩，把它當膏藥似地貼上一天左右，我才在患病期間首度獲得真正的慰藉。不過呢，極端的事物總是伴隨風險，且通常帶有徹底的毒性。有些詩似乎超過我們最熟悉的一流標準，與它們持續接觸所產生的危險性是非常駭人的。總而言之，我樂見我哥的詩被移出這籠統的小區域，至少我會寬慰一陣子。我感覺到它們溫和但廣泛地灼燒著我。在我看來最充分的原因是：西摩在青春期大多數時間，以及成年後的所有時間，先是受到中國詩詞的吸引，接著以同等的熱情迷上了日本詩詞，世界上其他地方的詩都不曾讓他如此痴狂[14]。當然了，我無法快速知曉我親愛的（但受我所害的）一般讀者對於中國或日本詩詞有多熟悉或不熟悉。不過呢，就連**簡短**地討論它們都有助於闡明我哥的本質，而且是有大大的幫助。有鑑於此，我認為我此刻不該採取克制和寬容的筆法。我認為，在發揮全效的情況下，中國與日本的經典詩詞是一種超感覺的表達，能為受邀的隔牆之耳帶來喜悅或啟蒙或經驗的擴大，達到欲仙欲死的境界。它們有可能（也經常如此）微妙難解，不過整體而言我要說的是，除非一個中國或日本詩人真正的強項是看到時能辨認好柿子或好螃蟹或好手臂上優良的蚊子叮咬痕跡，否則沒有任何神祕東方出身的人會嚴肅地自稱詩人，甚至根本不會提起那兩個字，不論他的語意或腸道般的智性有多長、多不凡、多迷人，也不論它們被撥弄時的聲音有多誘人，都一樣。我的內在接連不斷地升起一股得意之情，我想我（反覆）稱之為快樂是正確的。我發現這股得意產生了威脅性，它就要把這一整段文字轉變成愚人的獨白。不過我想，就連我都沒膽試論中國或日本詩人的神妙和歡喜是

14 作者注：既然這是某種紀錄，算是吧，那我應該要再咕噥幾句：大多情況下，他都是讀原文的中國詩詞和日本詩詞。下一次，我打算著墨於我們家原本共七個孩子在某種程度上共通的奇妙天賦（在我們其中三人身上尤其顯著，像瘸腿一樣醒目），那就是我們學習外文毫不費工夫。著墨於此的篇幅八成會長到令人生厭——至少令我生厭。不過這則注解主要是給年輕讀者看的。假如我在寫作過程中偶然搔中幾個年輕人的癢處，激發他們對中國與日本詩詞的興趣，我會感到很開心。不管怎麼說，就算那年輕人還沒準備好，我也要他知道，已經有許多傑出人士將一流中國詩詞翻譯成英文了，他們的文字忠於原意且掌握了神髓；我最先想到的是威特·賓納和翟林奈。至於頂級的日本短詩（俳句尤佳，不過川柳也很好），讀R·H·布萊斯的譯文會格外滿足。當然了，布萊斯有時會鋌而走險，因為他自己儼然就是一首專橫的古詩，不過他同時也很崇高——再說，有誰讀詩是為了追求安全？（我要再說一次，這掉書袋的一小段文字是要獻給寫信給作家卻永遠得不到那些狼心狗肺之人回應的年輕人。我同時也算是在發揮我這個角色的功能，他也是個教師，可憐的混蛋。）

由何造成的。不過呢（你早就想到了，對吧？），我的心中確實浮現了一些想法。（我猜那並不是我在尋找的確切答案，但我無法就此排除。）幾年前，久得可怕的幾年前，西摩和我分別是八歲和六歲，有一次我們爸媽在紐約的老飯店阿拉瑪旅館辦了一個派對，將近六十人塞滿了三點五個房間。他們要正式退休，告別雜耍演員生涯，因此那是個感傷的活動，也是個慶賀的場合。爸媽允許我們在十一點左右下床過去探個頭，結果我們看了不只一眼。有人提出要求，我們自己也不反對，於是便開始跳舞、唱歌，起先獨自表演，接著一起唱唱跳跳，就像我們這種地位的孩子經常做的那樣。不過大多時候我們就只是保持清醒，看著那場面。時間接近凌晨兩點，大夥兒開始道別時，西摩拜託貝西（我們的母親）讓他把告辭客人的大衣拿過來。那些衣服在小小的公寓內掛、披、扔、堆得到處都是，連我們妹妹睡的那張床床腳都有大衣的蹤影。他和我熟識的客人大約有一打，另外還有十幾個僅認得臉、知其名聲，剩下的完全或幾乎不認識。我應該要補充說明：大家抵達那裡時，我們還在床上。然而，透過觀察賓客三小時，透過朝他們咧嘴笑，透過（我是這麼想的）對他們的愛，西摩幾乎將所有大衣都正確無誤地遞給了它們的主人，他一次拿一、兩件衣服，男賓客的帽子也一併送上。（女人的帽子就難倒他了。）好啦，我並不是要暗示這是中國或日本詩人的典型特質，我更無意影射這是詩人之所以為詩人的原因。不過我確實認為，一個中國或日本詩歌創作者無法一看到大衣便明白其主人，那他寫出成熟作品的機會很渺茫。而我猜，八歲很有可能是精通此藝的年齡上限吧。

（不，不，我現在不能罷手。在我所處的**狀態**下，我似乎不僅僅是在主張我哥是個詩人了。至少有一、兩分鐘左右，我覺得我像是在為這該死的世界拆除所有炸彈的雷管——這是個微不足道、純然暫時性的公共禮儀展現，當然了，但出自於我。）一般認為中國和日本詩人最喜歡簡單的主題，要我試圖反駁這點的話，我會覺得自己比平常笨手笨腳。不過「簡單」正好是我個人痛恨、視如毒藥的一個詞彙，因為（至少在我出身之處）它通常會被套用到短得荒謬、大致上追求省時、瑣碎、單調、縮減的事物上。撇開我個人的恐懼症不提，我還是不相信世上任何語言當中有任何一個字（謝天謝地）可以描述中國或日本詩人的題材選擇。真想知道有誰能用一個詞彙來稱呼這種狀況：一個驕傲、自負的朝臣走在自家院子裡，回想他今早在皇帝面前發表的極度辛辣言論，結果（**痛惜地**）踩到了某人遺失或丟棄的筆墨畫。（苦啊，我們當中有個散文作家；我得用粗體字，儘管東方詩人在同樣的地方不會用。）偉大的一茶會欣喜地告訴我們，花園中有朵碩大的牡丹。（他沒說更多，也沒說更少。我們自己要不要去看他那多碩大的牡丹則是另一回事；他不像某些散文作家和西方的劣等詩人會監督我們，在此我沒有立場道出他們的名字。）正是因為提到一茶的名字，我才深信真正的詩人並不會挑選創作材料。完全是材料挑選他，而非相反。碩大的牡丹不會在一茶之外的人面前現身——不會找上蕪村[15]、不會找上子規[16]，甚至不會找上芭蕉[17]。這規則經過某種散文式的修正後，也適用於驕傲又自負的朝廷官員。在偉大的平民、可憐蟲詩人勞狄高到場目睹前，那官員根本不敢懷著莊嚴的人之悔恨踩上畫紙。中國與日本詩句的奇蹟在於，道地詩人的表達口吻彼此神似，同時又有獨到、相異之處。唐立九十三歲那年，有人當面稱讚他有智慧又慈悲，他卻透露：他快被痔瘡搞死了。還有一個例子，最後一個：臉上掛著兩行淚水的柯煌[18]給已逝主人的評價是，他的餐桌禮儀奇差。（對西方人表現得有點太煩人總是一種冒險的行為。卡夫卡日記中的這麼一行字——說實在的，類似的句子有很多——可用於迎接中國新年：「年輕女孩靜靜環顧四周，只因為她正和心上人手勾手走在一塊。」）至於我哥西摩——喔，嗯，我哥西摩。我需要另起全

15　與謝蕪村，日本十八世紀徘人、畫家。
16　正岡子規，日本十九世紀詩人，俳句革新運動發起者。
17　松尾芭蕉，日本十七世紀詩人，後世尊之為俳聖。
18　三位中國詩人勞狄高、唐立、柯煌原文分別為Lao Ti-kao、Tang-li、Ko-huang。

新的一段來談這個閃族與凱爾特族混血的東方人。

根據非官方說法，西摩逗留在我們身邊的這三十一年都在書寫、談論中國和日本詩詞，但我要說他是在十一歲那年正式開始創作，地點離我們家不遠，在上百老匯一家公立圖書館一樓的閱讀室。那天是星期六，不用上學，接下來沒有比午餐更迫切的事。我們悠哉地在書架間游來游去，或原地踩水，偶爾認真釣一些新作者，度過了一段美好的時間。就在那時，他突然要我過去看看他的發現。他找到一堆毛滂[19]的英譯本，十一世紀的珍寶。不過如我們所知，在圖書館或任何其他地方釣魚都是一件棘手的事，你總是無法肯定誰會逮到誰。（大致而言，釣魚的危險正是西摩喜歡的主題。我們的弟弟華特年紀還小時是個彎大頭針釣魚高手，西摩在他九歲或十歲的時候送了首詩給他──我相信收到這詩是他這輩子最開心的事之一。那首詩寫的是一個在哈德遜河釣平口石首魚的有錢人家小男孩，他在收線的時候感覺到下唇劇烈一痛，隨後將這事拋到腦後，等到他回家並將還活著的魚放入浴缸後卻發現，他，那隻魚，的背上頂著一頂藍色的嗶嘰布帽，上頭的校徽跟男孩的學校一樣；小男孩還發現他自己的名片被縫在溼掉的小帽子內側。）從那天早上起，西摩就永遠迷上詩了。到他十四歲時，我們家中已有一、兩個人會固定翻找他的夾克或防風外套，看他是否塞了什麼好東西等著在漫長的體育課或等牙醫時讀。（寫完上面這句後已過了一天，在這期間我從辦公的地方打了通長途電話給人在塔卡霍的我妹布布，問她有沒有想到哪些西摩童年最早期的詩是她希望我提及的。她說她會再回電給我。結果她的選擇不怎麼貼近我現在的意圖，因此讓我有點煩，但我想我會克服的。她挑的那首，我剛好知道寫作時間是詩人八歲那年：「約翰．濟慈／約翰．濟慈／約翰／請圍上圍巾。」）他二十二歲時已經有一捆風格特別的詩，厚度不薄，在我看來非常優秀，而這輩子手寫任何字都會立刻設想它十一級字模樣

19　毛滂，中國北宋時代詞人。

的我，頗為暴戾地催促他投稿到某處出版。不，他認為他辦不到。還沒辦法；也許永遠都辦不到。這些詩太不西方，太「蓮花」了。他說他感覺到它們隱約散發著輕蔑。他說他還無法確定這輕蔑會產生什麼效果，但他好幾次都覺得這些詩讀起來像是某個忘恩負義者寫的，算是吧，這人（至少就閱讀效果而言）拒絕理會自身環境，以及環境當中與他親近之人。他說他吃我們大冰箱裡儲放的食物，開八汽缸美國車，生病時毫無猶豫地使用我們的藥物，靠美軍保護爸媽與姊妹免受希特勒德軍進犯，結果他所有的詩都沒反映這些，半樣都沒反映。某個環節出了大錯。他說他每寫完一首詩經常都會想到督導員小姐。在此應該要告訴大家，督導員小姐是紐約公立圖書館第一分館的館員，任職於我們固定會去利用的孩提時代。他說他覺得自己對督導員小姐有所虧欠，他應該要費煞苦心、堅實不懈地找出符合他特異標準，但又不至於和督導員小姐的口味水火不容（至少看第一眼不會）的詩歌形式。他說完這話後，我冷靜、有耐心地（當然了，意思就是我動用了大得要命的嗓門）向他指出，督導員小姐身為詩歌的評判者，或甚至只是身為一個讀者，有哪些短處。他接著提醒我，他第一天到公立讀書館時（他六歲，一個人），督導員小姐拿起一本書，翻到達文西投石器那頁，爽朗地遞到他面前。如果他寫完一首詩，得知督導員小姐放下（八成會是吧）布朗寧先生作品或她同等喜愛（且直白程度不分軒輊）的華茲華斯先生作品後，無法懷著一樣的喜悅或投入去讀他的作品，那麼他寫詩根本沒有喜悅可言。爭論（於我是爭論，於他是討論）到此為止。如果有人相信，或只是熱切地懷疑詩人的功用不是寫他非寫不可的作品，而是寫「他的人生全仰他盡責書寫自己該寫的作品」時的作品，且要使用盡可能不會將某幾個老圖書館員排拒在外的人性化風格——如果有人這樣相信，那你根本無法跟他辯。

對於可靠、有耐性、與世隔絕的純真者而言，世界上所有的重要事物（不是生與死，應該吧，那只是兩個字，是真正重要的事物）都運行得極美。在逝世前，西摩曾品嘗到資深工匠所可能感受到的最深刻的滿意，時間超過三年。他替自己找出了正確的詩歌體裁，它既滿足他長年來為詩歌設立的一般性標準，我相信也很有可能會讓督導員小姐（如果她還活著的話）感到出眾，甚至悅目，且肯定能讓她「投入」，前提是她閱讀西摩作品的注意力得和閱讀她那兩個舊情郎（布朗寧、華茲華斯）時一樣，毫不吝嗇。他找到的、編排出的風格很難形容[20]。從這事實談起也許會有幫助：日本俳句三行十七音的古典格式對西摩產生的吸引力，大概沒有其他形式可以比擬，而且他自己也寫（放血般地寫）俳句（幾乎都以英文書寫，不過有時候會用日文、德文或義大利文，真希望我提起這些時滿心抗拒。）西摩晚期的詩基本上可說（也最有可能這麼說）像是某種英譯的雙俳句，如果這種形式存在的話，而我想我不會為此吹毛求疵，不過有個強烈的可能性動不動就令我生厭：一九七〇年代某些疲倦但滑稽不懈的英語系教職人員（這未必不包括我，上帝行行好啊）八成會耍嘴皮子，說西摩的詩之於俳句，就像是雙份馬丁尼之於馬丁尼。就算這不符合事實，迂腐學究也未必會住嘴，只要他覺得課堂需要炒熱氣氛讓大家做好聽課準備，他就會扯這些。總之，趁我還能說的時候，我要緩慢、慎重地告訴各位：西摩晚期詩作是六行詩，沒有固定格律，不過採抑揚格的作品比不採的多。一方面基於對已作古日本大師的熱愛，一方面則基於他身為詩人的自然傾向——在具吸引力的限制範圍內創作，他刻意將詩作維持在三十四音，或者說古典俳句兩倍。除此之外，目前在我屋簷下的這一百八十四首詩中，一點前人的影子也沒有，只有西摩他自己的影子。至少可以這麼說，就連音響學方面，也跟西摩一樣超凡。換句話說，每首詩都符合他對詩歌的理想，不響亮，沉靜，但又會穿插短暫的悅耳（我們沒有語意接近「悅耳」但更凶猛的字彙可用）爆音，對我個人來說，閱讀效果就像是有

20 作者註：此刻最普通也唯一合理的做法是砸下一、兩首詩，或將一百八十四首詩全砸到讀者面前，讓他們自己讀。我辦不到。我甚至不確定自己有沒有權利談論這件事。他們准我壓著這些詩，加以編輯和照料，最終可以幫它們挑個出版社發行精裝書，但基於極為私密的理由，詩人的遺孀，即這些詩的版權所有人禁止我引用任何內容。

人（肯定不是神智徹底清明的人）打開我房門，用短號朝房間內吹了三、四、五個甜美、專業無庸置疑的樂音，然後就消失了。（在接觸西摩作品前，沒有任何詩人給我「詩歌中段有人吹起短號」的印象，更別說吹奏得很美妙的印象了。我寧願說幾乎沒有。事實上，根本沒有。）透過六行結構與奇妙萬分的聲響效果，我認為，西摩處理詩歌的成果都是他預期獲得的結果。他那一百八十四首詩顯然清高，而非輕盈到難以丈量，但任何人在任何地方都能閱讀，甚至可以在暴風雨夜的進步派孤兒院大聲朗誦，不過我不會無條件地將最後三十到三十五首詩推薦給一生當中沒至少死過兩次的活人，如果死得很緩慢又更好了。要說我有沒有最愛呢？我肯定有，就是這一系列詩的最後兩首。我想我若只是簡述內容，應該不會踩到誰的痛處才是。倒數第二首詩談的是一名已婚年輕女子兼人母，她顯然有了另一段關係，也就是我的舊婚姻手冊所謂的婚外情。西摩並沒有描述她這個人，不過她登場時正好是他的圓號發揮神效的那一刻，她在我眼中美得可怕，帶著適度的智性，極度不快樂，搞不好住在大都會藝術博物館一、兩條街外。她某天深夜結束幽會後回家（在我心中呈現眼神朦朧、口紅沾抹嘴邊），發現床上放著一個氣球。某人遺留在那裡的。詩人沒明說，但它肯定是個充氣式的玩具大氣球，八成是綠色的，就像春天的中央公園裡的那種，沒有別的可能性了。另一首詩，這系列詩歌的最後一首，說的是一個年輕的郊區鰥夫某天晚上坐在自家草坪上，含蓄地穿著睡衣和睡袍，看著滿月。一隻無聊的白貓走了過來，滾啊滾的。她顯然是這家庭的成員，且幾乎可肯定這家人過去總繞著她打轉。鰥夫一面賞月，一面讓她咬著自己的左手。事實上，最後一首詩有兩個很特別的面向，可能令我的一般讀者格外感興趣。我非常想談談這部分。

對西摩詩句的形容可以套到大多數詩歌上，也明顯契合深受中國或日本詩歌「影響」的那類作品：赤裸至極，也就必定無辭藻可言。然而，我妹法蘭妮六個月前曾上來待了一個星期，她偶然翻找我抽屜時，正巧翻到寫鰥夫的這首詩，那時我才剛（罪過地）將它挑出來放；跟其他詩分開安置是因為我要重新幫它打字。基於嚴格來說並不怎麼相干的理由，她當時並沒有讀過這些詩，因此她自然當場讀了起來。後來她和我聊起那首詩時，她說她納悶不解西摩為何會寫年輕鰥夫讓白貓咬他的左手。這讓她心煩。她說「左」這部分聽起來更像我的風格，而不是西摩的。當然了，我認為她這番話除了對我與日俱增的追求細節之寫作熱情表達毀謗性的看法之外，也意指那個形容詞在她看來太冒失、太詳盡了，缺乏詩意。我駁倒了她。老實說，有必要的話，我也準備好要駁倒**各位**了。我內心有個堅定的念頭，那就是西摩認為指出那隻手是左手乃一大關鍵。年輕鰥夫讓白貓將利如針的尖齒埋入他較不靈巧的那隻手，因此他的右手便能自由地撫胸或扶額——這分析可能會使許多讀者感到非常、非常厭煩吧。也許不只是可能吧。但我知道我哥對人類的手有什麼看法。再說，這件事還有一個非常值得考慮的面向。針對這面向談論太久可能會有點乏味（有點像堅持要對電話另一頭某個徹頭徹尾的陌生人念完一整本《艾比的愛爾蘭玫瑰》劇本）：西摩有一半猶太血統，而儘管我談論這主題並沒有偉大的卡夫卡所具備的權威性，但年屆四十的我還是嚴肅地提出了一個猜測，那就是血管內流著大量閃族血液的任何思想家都和他們的雙手，或曾和他們的雙手度過異常親密、幾乎可說是深諳彼此的生活。儘管他可能年復一年地將雙手收在口袋內，這說法可能是譬喻**或**字面上的意思（那兩隻手恐怕有時會像兩個堅持己見的老友或親戚，他不會想帶著一起去參加派對的那種），但我想，在危急時刻，他會使用他們，會即刻動用之，且在那緊要關頭採取極端行動，例如在一首詩當中，毫無詩意地指出貓咬的手是左手——而詩當然是一種危急時刻，也許是唯一一種可實行的，可宣稱為我們所有的危急時刻。（我為我的廢話致歉。可惜的是，後面八成還有更多。）我認為那首詩可能會使我的一般讀者格外感興趣（我希望是真正的興趣）的第二個原因是，它蘊含了十分古怪的個人能量。我從未在任何印刷品中看過這種作品，而且我還要不太明智地告訴大家，從我童年初期到三十好幾的這幾年來，我的單日閱讀量很少低於二十萬字，往往接近四十萬。到了四十歲，說真的，我甚至很少會感到對文字飢渴了。當我不需要批改年輕小姐或我自己的英語寫作時，我通常只會讀一點點東西，不過以下這些不在此限：親戚咄咄逼人的明信片、種子目錄、（形形色色的）賞鳥者快報、我的老讀者語氣酸楚的「早日康復」紙條，他們不知從哪接獲的假消息，說我一年有六個月待在佛教寺廟，另外六個月待在心理治療機構。然而，我很清楚的是，非讀者的自尊（或者說，極少購書者的自尊）甚至比某些飽讀詩書者更令人生厭，因此我試著（我想我說這話還挺認真的）保留了少數最古早時期的文學家自負。當中最噁心的是，我通常可以判斷一個詩人或散文家是在擷取他的第一手、第二手或第十手經驗，或他有沒有用劣質品欺瞞讀者，希望讀者誤以為某些手法純粹是他的發明。然而，當我在一九四八年第一次讀到年輕鰥夫與白貓那首詩時（或者說坐在那裡聽西摩朗誦），我發現我很難相信西摩不曾埋葬過至少一位妻子，我們家族中無人知曉的妻子。當然了，他沒那麼做過。至少（如果有人會尷尬臉紅的話，他將在這裡首度登場，而那個他會是讀者，不是我）——至少在這輩子不曾。在我對這男人廣泛且迂迴的了解中，他也不曾熟識任何年輕鰥夫。我對這事還有最後一個看法，輕率的看法：他本人屬於年輕美國男子中最不可能成為鰥夫的那群。還有，雖然在某些古怪的時刻，不論是折騰或振奮的時刻，所有已婚男子（可以想像，西摩也不例外，雖然這幾乎只是為了立論才將他包含在內）都會想像他的生命全景中若少了那個小女子會變得怎樣（我在這裡暗指一流詩人也許有辦法將這種空想發展成一首精妙的輓歌），但那可能性在我看來只像是對心理學家分析有益的材料，肯定跟我的觀點扯不上邊。我的觀點是（我會一反常態，試著不要說太細），當西摩的詩顯得私密，或**確實**涉及私密時，其內容就愈不會透露他在西方世界真實生活的、外人所知的種種細節。事實上，我弟韋克聲稱（希望這番話永遠不會傳到他的修道院院長那裡），西摩寫出的許多優秀詩歌，似乎大多都調度了婆羅痆斯遠郊、封建時代日本、大都會亞特蘭提斯中，那些特別值得緬懷的舊時代人物的生命起伏。當然了，我要在此暫停一下，給讀者舉手投降的機會，或者更可能的是，洗淨我們所有人的手的機會。同樣地，我想像我們家所有尚在世的孩子都會喋喋不休地附和韋克，不過也許會有一、兩個人語帶保留吧。比方說，西摩自殺的那個下午，用旅館房間的桌上記事簿寫了一首純粹、古典的俳句。我不太喜歡我做的字面翻譯（他是用日文寫的），不過總之他簡短地敘述了一個小女孩帶洋娃娃上飛機共乘，並把它的頭轉過去望向詩人。西摩在這首詩實際完成的一個多星期前，真的搭過一班客機，我妹布布則有點管不住自己的嘴，暗指他搭的那班飛機上**確實**有個小女孩帶著洋娃娃。我個人有點懷疑。並不是斷然不信，但我有點懷疑。就算真**有**其事（我短時間內是不會相信的），我也敢打賭那孩子從未要她的朋友把注意力放到西摩身上。

　　我談我哥的詩是不是談太多了？我是不是太喋喋不休了？對，對。我談我哥的詩談太多了。我太喋喋不休了。而且我在乎這點。但在我訴說的過程中，反對我停歇的理由像兔子般增殖。還有，雖然我是個快樂的作家（如同我先前昭告天下的那樣），但我要發誓：我現在不是一個愉快的作者了，我也從來不是那樣的人；大家已好心地允許我運用我平時的不快樂想法專業級配額。比方說，我不只現在覺得，一旦我選擇逃避，轉而敘述我所知的西摩，我便無法預留空間或所需的脈搏數或（廣義而言但真切的）心意去重提他的詩了。在這當下，我憂心忡忡地想，就在我緊抓著自己的手腕告誡自己別再喋喋不休時，我也許就快失去一生中只有一次的機會了（我心目中的最後機會，真的），我就沒辦法針對我哥身為美國詩人的地位發表一個最終的、刺耳的、引人反感的全面公開宣言了。我不錯失機會，宣言在此：當我回頭去讀、去傾聽那六、七個或再稍微多一點的較具原創性的美國詩人，以及眾多有才華又古怪的詩人，（尤其是現代的）諸多偏離常規資質優異者，我的心中總是會浮現一個近乎確信的念頭，那就是我們只有三、四個絕不可犧牲的詩人，而我認為西摩最終會加入他們的行列。那不會是一夜之間的事，可理解[21]——見鬼了[22]，有誰一夜之間就能變成什麼？我猜（這也許是極端深思熟慮所得的猜測），第一波稀少的評論將形容他的詩句**有趣**或**非常有趣**，藉此拐彎抹角地加以譴責。這些詩句帶著一種緘默，或只是蹩腳地宣告（這更要命）它們是小巧、聲響效果次級的玩意兒，沒能帶著內建的越洋講壇（附演講台、水杯和一壺冰冰的海水）抵達西方場景。然而我發現，一個真正的藝術家在任何情勢下都會倖存（我愉快地猜測，就算是在一片掌聲中也不例外）。我還想起有一次，我們年紀都還小時，西摩叫醒沉睡的我，神情激動，黃色睡衣閃現於黑暗中。他臉上掛著我弟華特所謂「靈光乍現的表情」，對我說，他覺得他總算明白基督為何說不能稱人愚人了。（這問題已經令他疑惑了整個星期，因為我相信，在他聽來那比較像是艾蜜麗・普斯特給的典型建議，而不是忙於天父大業之人會說的話。）基督這麼說（西摩認為我會想知道），是因為世上沒有愚人。傻氣的人，有——愚人，沒有。對他來說，這似乎是值得叫醒我的事，不過假如我承認它確實是（我承認，毫無保留地承認），那麼我也得做出讓步：就算是詩評，只要你給他們足夠的時間，他們要也能證明自己不是愚人。老實說那想法令我十分難熬，能接著談其他事令我心生感激。針對我哥詩藝進行的強迫症式且（恐怕）偶爾莫名帶著小疙瘩的專題討論，終於來到了真正的核心。我打從一開始就在迎接它的到來了。上帝在上，讀者有些可怕的話要先告訴我。（喔，你們在那裡啊——與你們令人嫉妒的金色沉默同在。）

在一九五九年，我有一個週期性的，近乎慢性病的預感：當西摩的詩受到廣泛且較正式地認定為一流作品（堆在大學書店，成為現代詩課指定閱讀作品）時，那些錄取入學的大學男男女女將會一票票或兩人一組地衝向我嘎吱作響的前門。（不得不提到這件事真是不幸，不過現在去奢求我所欠缺的無邪，更別說優雅，都已經

21　原文用德文，verständlich。

22　原文用法文，zut。

遲了，我還得透露一件事，就是我知名的心形散文將我封為費里斯·L·莫納罕之後最受歡迎的才疏學淺作家，而且有許多年輕的英語系的人已經知道我住哪裡了，快躲啊；他們留在我玫瑰花床上的輪胎痕可作證明。）總而言之，我會毫不猶豫地告訴各位，有三種學生具備「對文學秤斤論兩、錙銖必較」的欲望與蠻勇。第一種是異常熱愛並尊敬任何重要文學作品的年輕男女，如果他或她看不透雪萊，就會追尋較劣質但可估量的創作者做為替代。我很了解這些男孩、女孩，或者說我自認為我很了解。他們天真爛漫，他們生氣勃勃，他們無比熱情，通常稱不上心智健全，而我想，他們永遠是世界各地乏味或既得利益者文學社群的希望。（由於我運氣好，而且是好到我自覺不配的程度，我過去教書的十二年內，所有第二、第三節課上都有那麼一個情感奔放、獨斷、惱人、富啟發性、通常很有魅力的女孩或男孩。）第二種年輕人摁門鈴事實上是為了追求文學資料，他們苦於（但又為此莫名驕傲）手上承包的學術研究，發案者是他們大一開始便不斷接觸的五、六個當代英語教授或研究生講師。如果他已經開始教書或準備開始教書，這弊病往往會拖得極久，久到沒人會懷疑它究竟能否受到遏止，就算有人全副武裝進行嘗試也於事無補。比方說，去年就發生了一件事。有個年輕男子來探望我，要談我幾年前寫的一篇作品，它跟舍伍德．安德森有很強的關聯性。他來的時候，我正在用汽油引擎式鏈鋸（經過八年反覆使用，我還是很怕這工具）劈我的一部分冬季柴火。當時正值春季融雪期，陽光普照，老實說，我的心情有點梭羅（對我來說真的很難得，因為在鄉下住十三年的我依舊用紐約市街區大小來丈量這些田園風光）。簡單說，那是個希望無限，但可能帶著文藝味的下午，我記得我有個強烈的預感：我就快讓那個年輕人，那個湯姆．索耶風的小伙子和他那桶白漆嘗嘗我鏈鋸的滋味了。他看起來很健康，更不用說有多魁梧。然而，他那虛假的外表差點讓我失去左腳，因為，就在我針對舍伍德．安德森溫和又效果卓越的寫作風格發表了一段簡短且我自認悅耳的讚嘆後，這個年輕人在鏈鋸噴射音和嗡嗡聲之間問我（而且還先若有所思地停頓了一下，殘酷地引人期盼）是否認為他的作品中有一種在地性的美國**時代精神**。（可憐的年輕人，就算他拚命照顧好自己，也頂多只能成功地在校園內跑跳五十年。）我認為，西摩的詩歌一旦全面問世、被貼上標籤後，會經常來訪這一帶的第三種人，需要另立一段來談。

說來可笑，詩歌對大多數年輕人的吸引力遠不及詩人的某種生命歷程；在此也許可寬鬆地、便於操作地定義為「聳動的」生命歷程，稀少或繁多的相關細節都令他們著迷。不過要我哪天拿這荒謬的概念進行學術分析，我也不會介意。不管怎麼說，我真心認為，如果我要我那兩個「寫作與發表」班上的六十個怪女孩（或者，六十個乖女孩，大多是大四學生，全都是英語系學生）從〈奧西曼德斯〉中摘一行詩，任何一行都行，或甚至只要告訴我那首詩的概略，辦得到的人有沒有十個都令人懷疑，但我敢拿我萎靡的鬱金香打賭，當中有五十個人知道雪萊奉行自由性愛，有一個老婆寫了《科學怪人》，另一個老婆投水自殺[23]。請注意，這既不令我驚，也不令我盛怒。我甚至不覺得自己在抱怨。如果世上沒有愚人，那我也不是愚人，我有權利享有非愚人的禮拜日體悟：不論我們是誰，不管我們最近吃的蛋糕上的蠟燭散發出的熱度有多接近鼓風爐，不管我們達到的智性、道德、靈性高度有多崇高，我們對聳動消息或聳動元素（後者當然包含劣等和頂級的流言）的偏好八成會是我們最後一個需要滿足的肉身欲望，也會是最難有效抑制的。（但我的天啊，我為何要這樣誇誇其談？我為什麼不直接談詩人，舉個例？西摩那一百八十四首詩

23 作者注：有人可能會強調我毫無必要地害學生尷尬了，在此回應。學校老師幹過這種事。又或許，我挑錯詩了。如果我的惡劣指控為真，〈奧西曼德斯〉真的令我的學生感到味如嚼蠟，那麼大部分的帳也許可以記在〈奧西曼德斯〉頭上。也許瘋狂雪萊並不夠瘋。不管怎麼說，他的瘋並不是發自內心的瘋。我的女學生們肯定知道羅伯特·伯恩斯飲酒過量，縱情喧鬧，八成為此感到開心，我同時確定她們也知道他的鋤頭翻出了多少肥美的老鼠。（不知道立於沙漠中那對「浩瀚而無軀幹之石腿」會不會是雪萊他自己的？他的人生真的比他大多數的一流詩作精采嗎？這樣說說得通嗎？如果真是如此，那會是因為……嗯，我不說了。不過年輕的詩人們，注意了。如果你想要我們記住你筆下最好的詩，希望我們對它的喜愛至少不下你那風流又多彩多姿的人生，明智的做法也許是在每一節詩當中獻上一隻美好的，用心趕出來的田鼠。）

八十四首詩當中的某一首，看第一眼時令人震驚，第二眼則成為我讀過最振奮人心的讚歌，它描述一個知名苦修者臨終前，在不斷吟誦禱文的神父與門徒的包圍下躺著，瞪大眼睛聽院子裡的洗衣女工談他鄰居送洗的衣物。西摩清楚表示，這名老紳士有點希望這些神父能稍微降低音量。）不過我看得出來，我又承接了平常的小毛病，那就是試圖令帶給我方便的概括性言論乖乖留在定位，好去支撐狂野而具體的前提。我不喜歡察覺到這點，但我想我非察覺到不可。在我看來，有個說法似乎合乎事實，無可辯駁：有許多人，來自世界各地，年齡、文化、天賦皆不同的人，總會懷著特殊的動力（在某些情況下，甚至是懷著興致），面對那些因產出偉大或美好的藝術而享有盛名，但同時在人格方面有缺陷做為一種裝飾的藝術家或詩人：他們的性格或品德有驚人的瑕疵，其來有自的戀愛煩惱或成癮性的極度自我中心，婚外情，全聾，全盲，嚴重口渴，極糟的咳嗽，妓女是罩門，偏愛大規模的通姦或亂倫，公認或非公認地偏愛鴉片或雞姦，諸如此類的，願上帝可憐這些寂寞的渾球。如果自殺不在「對創作者而言難以抗拒之疫病清單」之首，你還是會不禁注意到，自殺的詩人或藝術家會獲得大量的熱切關注（幾乎僅出自於感傷的情況並不算少），彷彿他（我不想把話說得這麼可怕）是最最弱小的垂耳畜生。總之，這想法我總算說出來了，它曾令我失眠好幾次，未來大概也還會。

（我記下上述紀錄後，怎麼有辦法繼續當一個快樂的人？但我就是很快樂。骨子裡不快活、不愉悅，但我的靈感似乎刀槍不入。這令我聯想到另一個人，我這輩子認識的人當中就只有他處於類似狀態。）你無法想像我為接下來這片空白擬訂了多麼遠大的計畫，摩拳擦掌。雖說這些計畫似乎待在我的垃圾桶底部才會顯得精緻，它們設計上便是如此。我在此原本打算藉一些陽光普照的珠璣之語襯托前面兩段午夜行文，這組合頗令人捧腹，我猜想，我擅於訴說故事的同行往往讀了會忌妒或暈眩到臉色發青。我在此原本打算告訴各位讀者，年輕人何時（或者說是否該）來我家串門子談西摩的生或死，我這古怪的私人苦惱呢，哎呀，會令那類讀者完全無法採取行動。我打算提到（只會簡單帶過，因為我希望在某天將它發展成沒完沒了的一段文字），西摩和我還小的時候，一起擔任聯播網電台猜謎節目的特別來賓，答題答了將近七年，而我們正式離開播音台後，就算我碰到的人只是問我現在幾點這種小事，我對他們的感覺也幾乎等於貝西．特洛烏德[24]對驢子的看法。接著，我打算揭露另一個事實。一九五九年，已在大學擔任講師十二年的我成了同事經常抨擊的對象，我認為，他們針對的是他們眼中所謂的（真是恭維我了）「格拉斯病」——用世俗的說法，就是一種腰部和下腹部的病理性抽搐，會導致課堂外的講師一看到四十歲以下的人逼近，就彎下腰去或急忙過馬路或鑽到大型家具下方。不過這兩段俏皮話在此都不合我意。它們都蘊含了一些反常的事實，但還遠遠不夠。因為就在段落與段落之間，一個可怕又不容質疑的事實降臨了——我**渴望**談論那位死者，我渴望別人來詢問我、拷問我。我剛剛才理解到，撇開我許多其他動機（上帝作證，那些是比較不卑鄙的動機）不談，我其實坐困於倖存者通常會有的自負之中，認定自己才是世上唯一理解那個死者的生者。**喔，讓他們來吧**——讓那些乳臭未乾的、狂熱的、學院派的、愛刺探的、有的沒的、無所不知的人都來吧！讓他們帶著徠卡相機搭一輛輛遊覽車來，跳傘來吧。我的內心充滿了殷勤的招呼語，其中一隻手已伸向清潔劑，另一隻手伸向蒙塵的茶具組。布滿血絲的眼睛執行清潔工作。**老舊的紅毯已鋪好了**。

現在我要談一件敏感的事。它有點**粗俗**，肯定的，但很敏感，非常敏感。考慮到這件事在後面的段落浮上檯面時，也許不會伴隨合乎我意的，或者說大量的細節，因此我認為讀者現在應該要記住一點，而且最好記到最後：我們家的小孩是來自一個專業演藝人員家族，做這行的祖先可以排成長得驚人的兩列隊伍，背

---

24 狄更斯《塊肉餘生記》中的角色，整天守著草坪以免驢子跑來吃。

景五花八門。從基因學的角度來說（或者低語），我們大多時候都會唱歌跳舞，以及（你能否認嗎？）說好笑的笑話。但我認為有件事各位應該要銘記在心（西摩就這麼做了，甚至是在他還小的時候）——我們家族當中同時也有兩類人廣泛地混雜在一起，一種是馬戲團表演人員，還有一種可說是極端派馬戲團表演人員。舉個無可否認的生動案例吧，我的其中一個曾祖父（**也是**西摩的）是一個相當知名的波蘭猶太混血巡演小丑，名叫佐佐，他特別喜歡（旁人肯定會猜他一輩子都喜歡）從極高處躍向小水箱。西摩和我的另一個曾祖父是愛爾蘭人，叫麥克馬洪（我媽從來不稱他是「迷人男子」，我永遠感謝她），自雇者，會在草坪上擺幾組空威士忌瓶，然後在願意付費的人群逼近時，在瓶子兩側跳舞，聽說跳得很有音樂性。（那麼，你肯定會接受我的說法了：我們的家族樹上另結著「豐」碩的果「子」。）我們的爸媽列斯和貝西．格拉斯則在雜耍團和音樂廳內表演一些相當傳統但（**我們**認為）極為優秀的歌舞兼嘴砲表演，在澳洲幾乎爬到首席表演者的位置（西摩和我年紀還很小時在那裡待過兩年，所有演出排起來就是這麼久），不過後來，他們在美國，在潘塔吉斯劇院及奧芬劇院也成了人盡皆知的演出者，而且不只是一時爆紅。不只一些人認為，他們這個雜耍表演組合當初應該可以再活動更長的時間。不過貝西有她自己的想法。她一直都有閱讀牆上手寫字的才華（當時，一九二五年一天演兩場的行程已快結束了，而貝西做為一個母親或一名舞者，都堅決反對為又大又新又不斷增加的電影城附設雜耍劇場一日演四場），而且更重要的是，從她在都柏林的孩提時代開始，從她雙胞胎姊妹因急性營養不良死於後台的那一刻起，任何形式的安全感對貝西而言都有致命的吸引力。總而言之，在一九二五年春天，貝西於布魯克林艾爾比廣場結束了成績普普的公演，這段期間五個孩子得了德國麻疹，在曼哈頓老飯店阿拉瑪旅館下榻，占了三間半不怎麼堂皇的房間，而她以為自己又懷孕了（結果是誤判；家族中的小寶貝卓依與法蘭妮要等到一九三〇和一九三五年才分別出生），於是向一個真的「很有影響力」的崇拜者求助，我爸便到一家商業電台上班了，年復一年，他總是稱那職位為電台服務小弟，絲毫不擔心家裡提出反論。就這樣，蓋勒格與格拉斯的漫長旅程正式結束了。不過我在此主要想做的是，找出一個最穩當的方法來暗示：這古怪的腳燈與三環傳統之於格拉斯家七個小孩的生命，幾乎是無所不在且重大至極的現實。如前所述，七個孩子當中最年輕的兩個，事實上是職業演員。不過在此很難畫下一條**明確的**界線。就最外顯的樣貌而言，我最年長的妹妹是擁有地產的城郊居民，育有三子的母親，和丈夫共有一個車庫，裡頭裝了兩輛車，不過在狂喜時刻，她會用生命去跳舞，這話幾乎沒有誇大成分；我看過她跳起一段非常有水準的軟鞋踢踏舞（頗有內德・威伯恩跳帕特與瑪莉詠・魯尼編的舞的味道），手中還抱著我五天大的外甥女，看得我心驚膽跳。我那個戰後在日本意外喪生的弟弟華特（我打算在這系列文字中盡量少提他的事，好搞定這一切）也是個舞者，也許沒我妹布布渾然天成，但更為專業。他的雙胞胎兄弟——我們的弟弟韋克，我們的僧侶，我們那行動受限的卡爾特教團信徒，年紀還小時暗自奉

W．C．菲爾德斯為神，且按照他那受啟示、喧鬧但頗有聖人風範的形象練習香菸盒雜耍，以及其他許多厲害的花招，每小時一次，直到他摸透竅門。（家族傳言說他原本是遭到了幽禁——也就是說，他在亞斯托里亞教區神父的職位遭到了免除，他也就不用再持續受到誘惑了；他一直都想退後個兩、三英尺，將聖餐禮用的聖餅投擲出去，讓它在自己左肩上方畫出一個漂亮的弧，再授予他教區居民之唇。）至於我呢（我想把西摩放到最後），我可以頗肯定地說，我也會跳一點舞，這是不證自明的。當然了，要有人要求我才會跳。除此之外，我還可以告訴各位，說來可能有點怪，但我經常感覺到曾祖父佐佐在天上看著我；我感覺到他用神祕的力量提供防護，我才沒在漫步樹林中或走入教室時被隱形的小丑垮褲絆倒，同時還確保我坐在打字機前面時，假鼻子偶爾會朝向東邊。

而西摩，總算說到他了，他的生命和死亡受自身「背景」的影響毫不亞於我們其他人。先前我已提到，雖然我認為他的詩歌私密至極，或者說徹底揭露了他的真實面貌，但他處理這些作品時從未撒出一丁點自傳性的資訊，就連主掌絕對喜悅的繆思女神騎在他頭上時也不例外。儘管這個，未必合所有人胃口，但我建議視之為一種具高度文化涵養的雜耍——傳統的第一幕戲，有個人讓字句、情緒在身上保持平衡，下巴頂著金色短號，而不是常見的宴會枴杖、鉻桌、裝了水的香檳杯。不過我有遠比這些更直截了當、更重要的事情要告訴你，我已經等好久了：在布里斯本，一九二二年，西摩和我分別是五歲和三歲的時候，列斯和貝西一起演出同一場節目長達數週，共演者是喬．傑克森——就是那個聲名遠播的喬．傑克森，他那輛鍍鎳特技腳踏車閃閃發亮，就連最後一排觀眾都會以為那材質強過白金。許多年後，在二次大戰爆發後不久，西摩與我搬到只有我們兩個人住的紐約小公寓。我爸（也就是列斯，以下都會如此稱呼他）某天玩完撲克牌，在回家路上順道來訪。挺顯而易見的是，他整個下午都拿到非常爛的牌。總而言之，他進門了，死板地堅守他預先做的決定，不脫下大衣。他坐下，瞪著家具看。他將我的手轉來轉去，察看我手指上的香菸漬，然後問西摩他一天抽多少菸。他認為他的高球雞尾酒裡有一隻蒼蠅。過了好一段時間，對話方向（至少在我看來）一路往地獄前進，這時他又突然起身去察看我不久前才釘到牆上的，他和貝西的合照。他怒視它整整一分鐘，或更久，然後轉過身來，用所有格拉斯家族成員都不會感到不尋常的唐突態度問西摩：他記不記得喬．傑克森曾把他（西摩）放到腳踏車把手上，載著他在舞台上不停兜圈。西摩坐在房間另一頭的老舊燈芯絨扶手椅上，手裡點著菸，身穿藍色襯衫、灰色便褲，腳套著一雙後跟破損的鹿皮軟鞋，我還看得到他一邊臉上有刮鬍子時刮傷的痕跡。他嚴肅且即刻地回答問題，而且採取的是回答列斯問題時特有的方式——彷彿他這輩子希望被問的就是這問題，不是別的。他說他不確定自己曾不曾坐上喬．傑克森那輛美麗的腳踏車。這答案除了對我爸個人而言有深刻的情感價值之外，從許多面向來看，都真切、真切、真切至極。

上一段文字結束後到這一段，中間過了兩個半月，光陰流逝。我不得不稍微蹙眉，向各位報告這個小消息，因為我自己回頭去看上面那段文字時，覺得當時的我彷彿就要開始暗示說那張椅子是我工作時固定會坐的，寫作時間我會在那上頭喝個三十杯黑咖啡，閒暇時間我則會坐在上頭自製家具。簡單說，那行文風格就像個文人心不甘情不願地在和報紙週日書評版的編輯討論自己的工作習慣、嗜好，和他更值得印刷傳播的人性弱點。在此，我真的沒要寫任何應答式[25]的東西。（事實上，我此刻特別嚴密地監控著自己。在我看來，這篇文章面臨著前所未有的危機，它就變得像著內衣褲見人那般不正式了。）我已宣告段落與段落間有大幅的延遲，宣告方式是讓讀者知道我得了嚴重肝炎，在床上躺了九個星期後才剛起身。（你就知道我為什麼要提內衣褲了。我的上一個公開發言剛好是從明斯基滑稽秀裡搬出來的，幾乎是原封不動[26]。配角：「我得了嚴重肝炎，在床上躺了九個星期。」主角：「哪一個是妳啊，幸運兒？那些得肝炎的女孩都很可愛。」如果這會成為誰應允給我的健康證明，那就讓我抄捷徑回到病痛之谷吧。）當我此刻坦承（我當然非這麼做不可）自己已下病榻活動了將近一個星期，臉頰和下頷都恢復了玫瑰般的血色，我在想，讀者會不會對我的告解產生誤會？我想，主要會有兩種誤會。一，他會不會以為，不用山茶花淹沒我的病房，便是在對我表達一種溫和的責難？（保險地猜測，大家得知我在這一刻用盡了**幽默感**應該都會鬆一口氣吧。）二，他，我的讀者，會不會因為我掛病號，就選擇認定我個人的快樂（打從這篇文章的一開始，我便小心翼翼地拿它當賣點）也許根本不是快樂，而只是肝病症狀？我極度嚴肅地看待第二種可能性。著手寫這篇小傳令我真心感到快樂，這是肯定的。患肝病的過程中，我始終以我獨到的方式感受著奇蹟式的快樂（原本光是「式」重複一次就能擊潰我了）。我樂於表示，此刻我快樂至極。這不代表我否認（真抱歉，我現在終於要論

25 原文用法文，intime。

26 原文用拉丁文，intacta。

及我為我可憐的老肝打造亮相機會的真正原因了）——我要重複一次，這不代表我否認我的疾病帶給了我單一個可怕的缺陷。我全心全意地痛恨醒目的縮排，但我猜我需要另起新的一段來談這件事。

就在上個星期，在我覺得自己的氣力、健壯程度夠我回來寫這個小傳的第一個晚上，我發現自己沒失去靈感，但失去了繼續書寫西摩的必要手段。**在我離開的期間，他成長太多了**。我的書寫不太可能可信。我生病前，他仍是我能應付的巨人，結果在短短九個星期內，他迅速抽長成我這輩子最熟悉的人，其身影實在太過、太過巨大，無法塞進普通的打字機紙內——至少塞不進我的任何打字機紙。直截了當地說，我慌了，那之後我連續慌了五個晚上。不過我想，我不需要將事情描述得過糟，糟到沒必要的程度。因為黑暗中剛好有驚人的一線曙光。讓我告訴你吧，這次我不會先停歇，今晚我的成果讓我覺得，我明晚回來寫作時將會變得更巨大、狂妄、令人厭惡，而且可能到達史上最高峰。大約兩小時前，我就只是讀了一封舊私信（更精準地說，是一張非常長的備忘錄），是某人在一九四〇年某天早晨放到我早餐餐盤上的。更精確地說，信上頭還壓著半顆葡萄柚。再過一、兩分鐘左右，我打算將長長的備忘錄完整附錄於此，享受難以言喻的（我並沒有要用「喜悅」這個詞）——難以言喻的茫然。（喔，快樂的肺炎！我所知的疾病當中，或置換成悲傷、災難，沒有一樣最終不會像花朵，或美好的備忘錄那樣展開。我們只需要繼續觀看。西摩十一歲的時候，有次在廣播節目上說，《聖經》中他最喜歡的是「看」這個字！）不過在我進入正題前，我，從頭到腳都感覺到有必要再處理一些插曲。我之後也許不會有機會了。

我似乎犯了一個嚴重的疏忽，我想我從來不曾提到，我過去寫完新的短篇小說都會詢問西摩的意見，這麼做雖合乎實際，實際時機卻往往不切實際，這是我的習慣，我的強迫症。洽詢意見，指的是我會大聲念給他聽。我會採取molto agitato[27]的

27 義大利樂譜上的速度用語。非常激動。

方式，並在結尾為大家明確指出休息恢復期長度。這意思是說，當我的聲音停下來後，西摩總是會忍住不要發表意見。相對地，他會盯著天花板看五或十分鐘（必定會平躺下來解讀一番），然後起身，（偶爾）輕踩一下已入睡的腳，再離開房間。之後（通常是幾個小時，但有一、兩次是幾天後），他會在一張紙或衣服標牌上寫下幾句話，然後放到我床上，或我餐桌的位子上，或（這情況很稀少）透過美國郵政寄送給我。以下是他的一些短評。（老實說，這只是個暖身。我認為否認這偏離正題並沒有意義，儘管我也許應該要否認。）

可怕，但正確。誠實的梅杜莎之頭。

真希望我早點知道。那女人是火，不過你的朋友，也就是在義大利畫了安娜・卡列尼娜肖像畫的那個男人似乎盤據了那畫家的腦海。盤據得很棒，棒到極點，不過你有你自己的暴躁畫家。

我認為這應該要重新調整一下，巴迪。那個醫生很好，但我想你喜歡上他的時機太慢了。故事前半，他一直在寒風中等待你喜歡上他，而他可是你的主角。你把他和護士的美好對白視為一種閒談。它原本應該會是個宗教故事，但很禁欲。他每次說「該死」時，我都感覺得到來自於你的譴責。在我看來有點走歪了。難道他或列斯或任何人的「該死」不過是一種粗鄙的禱告？我相信上帝根本不認為有所謂的瀆神，那是神職人員發明的拘謹字眼。

關於這則故事，我要道個歉，我切入的角度錯了，對不起。你的第一句話令我迷失了方向。「亨肖在那天早上醒來，頭裂了開來。」我滿心期望你在小說中寫完所有虛假的亨肖一族，結果根本沒有亨肖一族。你可以再讀一次給我聽嗎？

請和你的伶牙俐齒和平共處。它不會消失的，巴迪。聽從自身建議捨棄機智之語，是既糟糕又不自然的事，就像是B教授要你刪掉形容詞和副詞那樣。他懂什麼？你對自身機智又真的了解到什麼程度？

我從剛剛就一直坐在這，撕掉要給你的紙條。我一直打算開口說些「這篇構想很好」、「貨車後方的女人非常有趣」、「兩個警察的對話很棒」之類的話。於是我開始閃爍其詞，我不太確定為什麼。我開始會在你開始閱讀時變得有點緊張。那聽起來像是你的死對頭巴布．B會稱之為「好到嚇嚇叫」的故事開頭。你不覺得他會說這是往正確的方向跨出了一步？這不會令你憂心嗎？就連貨車後面那個女人的好笑都不像是你會覺得好笑的部分，而是更接近你認為大多數人普遍認為好笑的那種好笑。我覺得被詐騙了。你聽了會很不爽嗎？你可以說我們的血緣關係壞了我的判斷力。我相當擔心，但我也只是一個讀者。你是一個作家，還是一個故事寫得好到嚇嚇叫的作家？你那些好到嚇嚇叫的故事會帶給我芥蒂，我要你的贓物。

新的這篇在我腦海揮之不去，我不知道該怎麼談它。我知道陷入感傷的危險性理應有多大，而你巧妙地通過了它，也許太巧妙了。我在想，我是否真的不希望你稍微打滑呢。我可以寫篇小故事給你嗎？以前有個偉大的樂評，研究沃夫岡．阿瑪迪斯．莫札特的知名權威。他的小女兒是第九公立學校的學生，在那裡參加合唱團，有天她和另一個小孩回家練唱歐文．柏林、哈洛．艾倫、傑羅姆．科恩等人的組曲，偉大的音樂愛好者非常生氣。小孩子不就該唱小巧單純的舒伯特藝術歌曲嗎？唱什麼「垃圾」？於是他去找學校校長大鬧了一番。如此知名人士的論調使學校校長銘感五內，他同意要將音樂鑑賞課老師（一個很老的老太太）抓來打屁股。偉大的音樂愛好者神清氣爽地離開辦公室。回家路上，他回想起自己在校長辦公室內推導的精彩論調，內心愈來愈得意，抬頭挺胸，走路有風。他開始吹口哨，那首歌是：〈凱凱凱凱蒂[28]〉。

現在回到稍早提過的備忘錄吧。我懷著自豪與無奈奉上。自豪是因為——嗯，這跳過不談。無奈是因為我的一些學校同事可能正在聽我說話（資深的跨部門幽默王，每一個），而我總覺得這段附加文字遲早注定會被加上標題：「十九歲少年給迷失方向無法繼續前進的作家、兄弟、肺炎恢復期病患的處方」。（啊，呃，只有幽默王給得出來。再說，我覺得我的腰部在這狀況下受到莫名的嘲弄。）

首先，我認為呢，在西摩針對我的任何文學方面的努力所提出的批評之中，就屬這篇最長了——而且，那八成也是他在世期間與我進行的非口語溝通當中，長度最長的一次。（我們很少寫私信給彼此，就算在戰時也一樣。）文章用鉛筆寫在好幾張便條紙上，紙是我們的母親幾年前從芝加哥的俾斯麥旅館拿過來的。他回應的是當時肯定算是我最有野心的**一整串**文章。那年是一九四〇年，我們兩個人都還住在爸媽位於東七十街附近那擠了不少人的公寓。我當時二十一歲，自立程度呢，應該只達年輕、未出道、臉色發青的作家的最高標。西摩二十三歲，在紐約的大學教英文教到第五年。那麼，以下就是全文。（我可預見某些心懷歧視的讀者會感到有些尷尬，但我想，最糟的部分會跟問候的部分一同結束。我想，如果那問候沒**特別**令我尷尬，那它沒理由使其他活生生的人感到尷尬。）

---

28 K-K-K-Katy，一戰時期的流行歌，傑佛瑞・歐哈拉作曲。

親愛的老睡虎：

不知道趁作者打呼時在同一個房間裡翻看他手稿的讀者多不多呢。我想自己看這篇，這次，你的敘事風格幾乎太過火了。我想你的文章正逐漸成為你的角色可承受的劇碼。我有好多話想說，不知從何說起。

今天下午，我寫了一封應該已經寫完了的信給英語系主任（不是別人，偏偏是他），行文風格非常像你。這讓我開心極了，我想我應該要告訴你。那是一封很美的信，感覺像是去年春天那個星期六下午，我和卡爾以及艾咪去看《魔笛》，他們還帶了一個怪女孩來陪我，而我繫上了你的綠色迷魂物。我沒告訴你我拿去繫了。（他在此指的是領帶，我前一季買的四條昂貴領帶之一。我不准所有兄弟靠近我收放它們的抽屜，尤其是西摩，因為他最容易取得。我把領帶用玻璃紙包起來存放，開玩笑的成分只有一些些。）我繫上它時不太有罪惡感，只感受到一種凡庸的恐懼，怕你突然走上台，發現我繫著你的領帶坐在黑暗中。那封信有點不一樣。我發覺，如果情況反過來，由你來寫一封風格近似我的信，你會很頭痛。而我通常可以不去深思。除了世界本身以外，世上少數令我每天傷悲的事情之一是，我知道布布或華特若表示你說了什麼很像我會說的話，你會很沮喪。你有點視之為抄襲的指控，是對你個體性的一種小小抨擊。我們講話方式有時很相似，是那麼糟的事嗎？分隔我們兩者的膜是如此薄。把誰優誰劣放在心上，是那麼重要的事嗎？有一次，在兩個夏天之前，我昏睡了好長一段時間，成功追溯自己的前世，得知你、卓和我至少當過四輩子的兄弟，而且也許還不只。這難道不美好嗎？對我們而言，我們每個人的個體性難道不是始於我們承認彼此有極緊密的連結，且接受我們無可避免地會借用彼此的笑話、才華、愚蠢的舉止嗎？我認為巴迪的領帶就是巴迪的領帶，但未經許可借走它們是一樁樂事。

你想到我的眼中除了你的故事之外，還有領帶等玩意兒，心情肯定會變得很惡劣吧。我不會。我只是在每一個地方尋找自己的思緒，我認為這瑣事可能有助我平靜下來。外頭天亮了，而我從你上床睡覺後一直坐在這裡。當你的第一個讀者真是一種福氣。如果我不覺得你重視我的意見勝過你自己的，那福氣還會更純粹。你如此仰賴我對你小說的評價，真的讓我覺得不太對勁。你，就是這樣。你可以找時間反駁我，但我深信我肯定鑄下某種大錯才讓情況演變成這樣。此刻我並沒有沉迷於罪惡感當中，但罪惡感就是罪惡感，它不會消失，無法抵銷。我很確定外人無法充分理解它——它的根源深入那私密又悠長的因果輪迴之中，太深、太深了。當我開始產生這種感覺時，大概只有一個事實可以讓我倖免於難，那就是罪惡感乃不完美的知識。不完美不代表它無法運用。困難的部分是，你得在它開始癱瘓你之前，將它投入實際運用。因此，我打算盡快把我對這故事的看法寫下來。我有個強烈的念頭：如果我寫的速度夠快，我的罪惡感便會發揮最佳、最真切的效用。我真的那麼想。我覺得，我如果和這段文字一起疾行，我也許就能把多年來我一直想告訴你的事說出口。

你肯定知道，這篇故事充滿大幅度的跳躍、飛躍。你先上床睡覺後，我思考了一段時間：該不該把家裡所有人都挖起來，為我這個了不起的飛躍弟弟辦場派對。而沒把大家叫醒的我算是什麼？我真想知道。頂多稱之為擔憂者吧。我為我眼睛能夠測量的那些大跳躍憂心，我想我希望你大膽跳出我視線之外。請原諒我，我現在寫字寫得非常快。我想這篇新小說是你等待已久的作品，某種程度上，也是我等待已久的。你知道我徹夜不眠的主要原因，是你讓我感到**驕傲**。我想那就是我主要擔心的部分。為了你好，別讓我為以你為傲。我想那就是我試圖表達的事。但願你不會再讓我驕傲到徹夜未眠。給我一個故事，讓我毫無理由地保持警醒。**我到清晨五點都還醒著，只因為你的所有星星都出來了，不為其他任何理由。**原諒我標上粗體字，我歷來針對你作品提出各種看法，這是第一個令我自己不斷點頭稱是的。請別再讓我說其他話了。我想，今晚你乞求一個作家讓他所有的星星閃爍於天空後再對他說的任何話，都只是文學性的建議。我很肯定，今晚所有的「好」文學建議都只是路易．布勒和馬克西姆．杜剛強加包法利夫人到福樓拜身上。好，在兩人的影響下，他們高度品味的作用下，他們使他寫出了傑作。他們扼殺了他寫出真性情的機會。他死得像個名流，但他根本不是那樣的人。他寫的信令人讀不下去，寫得太好了，遠超過它們所需的水準。字裡行間透露著才能的浪費、浪費、浪費。那令我心碎。今晚我不敢對你說任何話，親愛的巴迪老弟，尤其是陳腐的話。請跟隨你的真心前進，不論成敗。我們在登記的時候，你對我發了好大的火。（上個星期，他和我以及上百萬名年輕美國人去了家附近的公立學校登記入伍。我發現我在填單時，他對我填的某個字眼微笑。回家路上他一直不願告訴我是什麼事讓他覺得好笑。我們家的任何人都可作證，若碰到裝傻似乎有利於他的情況，他就會死不讓步。）你知道我在笑什麼嗎？你在**職業欄**寫了作家。對我而言，那像是我聽過最美好的委婉語了。你什麼時候靠寫作維生了？它一直都是你的宗教，不曾改變。從來不曾。我現在有點激動過頭了。既然它是你的宗教，你知道你死後會被問什麼問題嗎？先讓我告訴你，你不會被問的問題有哪些。你死後，沒有人會問你是否在寫一篇美妙動人的文章。沒有人會問你它是長篇或短篇，悲傷或好笑，已出版或未出版。沒有人會問你寫它時的狀況是好是壞。甚至不會有人問你，如果你預先知道自己寫完這部作品就會耗盡生命，你還是會想寫這部作品嗎？我想只有可憐的索倫．齊克果會被問這個問題。我很確定你會被問兩個問題。**你所有的星星都出來了嗎？你是否忙於表露自己的真心？**但願你知道你面對這兩個問題都能輕易答是。但願你每次坐下來寫作前都想起自己當**讀者**的時間遠長過作者。你只要將這件事謹記在心，然後靜靜坐好，以讀者的身分自問，巴迪．格拉斯若發自內心做選擇，他在這世上最想讀的文章會是什麼？下一步很可怕，但簡單到我寫它時也難以置信。你只要無恥地坐下來，把它寫出來就行了。我甚至不會把這段字標為粗體字，它重要到不能去強調。喔，大膽去做吧，巴迪！相信你的心，你是一個值得肯定的巧匠。你的心永遠不會背叛你。晚安。我現在有點太激動了，而且有點戲劇化，但我想我會願意付出人間的一切，換取機會讀你徹底順從真心寫出的任何東西，小說、詩，或一棵樹。塔利亞劇院在播「銀行妙探」，我們明晚去大幹一票吧。愛你的，西。

巴迪・格拉斯回到這一頁了。（巴迪・格拉斯當然只是我的筆名，我的真名是喬治・費爾丁・反高潮・少校。）我覺得我自己也有點激動過頭、戲劇化，此刻的所有熱切衝動都是想向讀者做出星光燦爛的承諾，約好明晚碰面。但我想，如果夠聰明的話，我會直接刷牙，然後衝上床去。我忍不住要補個一句：如果你覺得我哥的備忘錄讀起來也許還算費勁，那麼打字給我的朋友們讀更是累死人的工作。此刻我身上罩著一片堂皇的蒼天，是他給我的「祝你的肝病和懦弱早日康復」之禮，它垂到了我的膝蓋附近。

不過，如果我告訴讀者明天晚上開始打算寫什麼，會太魯莽嗎？十幾年來，我一直夢想一種人來問我「你哥是**什麼樣**的人」，那就是不特別偏好別人以簡短、**乾脆**的答案來回覆率直問題的人。簡單說，我推薦的權力機構告訴我，世界上最有可能讓我窩下來享受的文章，「某種玩意兒，任何玩意兒」，就是一段完整的、關於西摩的物理性敘述，而且書寫者不會匆促地吐露他的事蹟——容我體面而無恥地說，那個人就是我自己。

他的頭髮在理髮廳內舞動。前一段說的**明晚**到了，而我坐在這裡，理所當然地穿著燕尾服。**他的頭髮在理髮廳內舞動**。耶穌基督啊，那就是我的開場白嗎？這房間會緩緩地、緩緩地被玉米馬芬蛋糕和蘋果派填滿嗎？也許會。我不想相信，但也許會。如果我透過一段敘述來追求區別性，那我便會重新開始書寫前徹底熄火。我整頓不了他，我無法井然有序地呈現他。我可以指望稍縱即逝的情感終將在此完成些**什麼**，但請別要我篩選每一個該死的句子，就這麼一次就好，不然我會再次罷手。他在理髮廳內舞動的頭髮，絕對是率先浮現於我心中的印象。我們通常會在第二個播音日去剪頭髮，或者說每兩個星期剪一次，放學後立刻前往理髮廳。理髮廳位於一百零八街與百老匯大道路口，生疏地（別說了）窩在中式餐廳和猶太熟食餐廳之間。如果我們忘了吃午餐（或者在某個地方弄丟了，這機率更高），偶爾就會在那買十五分錢的切片義大利香腸和一些半酸醃黃瓜，然後在理髮廳的座位上吃，至少吃到頭髮開始掉為止。理髮師叫馬利歐和維多。都過這麼多年了，他們八成已經過世了，而且可能死於過量攝食大蒜，一如所有紐約理髮師的下場。（好，**刪掉那些吧**，請盡量趁那類文字開花前予以摘除。）我們的座位鄰接彼此，而馬利歐剪完我的頭髮，準備拿下圍布抖一抖時，我身上西摩的頭髮總是比我自己的頭髮還多，從來沒有例外。此前或此後，都少有更令我惱火的狀況。我只抱怨過一次，而那是一個巨大的錯誤。我用特別卑鄙的嗓子抱怨他「該死」的頭髮每次都噴得我一身。我下一個瞬間就道歉了，但話已出口。他什麼也沒說，但立刻就**憂慮**了起來。我們步行回家的路上，狀況變得更糟了，過街時兩個人都不說話；他顯然試圖靠直覺探查出一個方法，好避免讓頭髮掉到理髮店內坐他隔壁的弟弟身上。氣氛在一百一十街上的最後一段路降到冰點，我們得從百老匯大道走長長一段路才會到達位於河濱道上的公寓。只要有像樣的題材供西摩操煩，他走在那段路上時的憂愁，家中無人能比擬。

一個晚上寫這些夠了，我累壞了。

再說一件事就好。我**想要**（我全心全意的粗體字）一段關於西摩的物理性刻畫是為了什麼？還有，我想要它**做**什麼？我想要它登上雜誌，對；我想發表它。但我不是指那個——想要發表作品的念頭，我**隨時**都有。那跟我想要跟雜誌交件的**方式**有關。事實上，關係極深。我想我知道。我知道，我清楚得很。我希望不用上郵戳或牛皮紙袋就交件。如果它是一段實實在在的刻畫，我應該可以給它火車票錢就行了，也許再幫它帶個三明治，並在保溫瓶內幫它裝些熱飲，就這樣了。而車廂內的其他乘客肯定會稍微坐得離它遠一點，彷彿它有點茫。喔，多麼棒的想法！**讓它成為有點茫的產物吧**。但是哪種茫呢？我想，就像你心愛的人苦戰三盤網球，最終贏得**勝利**後走上門廊，問你有沒有看到他最後一球那樣的茫。對，Oui。

*

又一個晚上。這是要給人讀的，記得。告訴讀者你身在何方。要友善點——**話別說得太死**。不過當然了。我在暖房中，我已經打電話討波特酒了，我們家的老侍從隨時會把酒送過來。他是一隻極度聰明、肥胖、健壯的老鼠，除了考卷之外，家中的任何東西都吃。

我要回去談西的頭髮，反正都已經寫到了。在他十九歲左右，頭髮開始一撮一撮冒出來之前，他頂著一頭粗硬的黑髮。我差點用鬈來形容了，但還沒到那地步；如果它真是如此，我想我會堅定地用它。那是看起來最容易拔的那種頭髮，也肯定有人拔它；家中的小寶寶總是會自動把手伸向它，甚至伸到鼻子前方，天啊，那裡的毛髮也很**突出**。不過我一次談一件事吧。一個毛髮濃密的男人，年輕，正值青春期。家中的其他孩子，不僅限於男孩，但尤其是男孩（我們家似乎總是有許多發育前的男孩），都被他的手腕和手臂給迷住了。我弟華特大約十一歲時，不時會望向西摩的手腕，邀請他脫下運動衫。「脫掉你的運動衫啊，嘿，西摩。快啊。屋子裡很**溫暖**。」西會回以笑容，投以燦爛的表情。他喜歡任何小孩向他惡作劇。我也喜歡，不過那種喜歡斷斷續續的。他的喜歡則持續不變。家中小朋友那些笨拙、未經思考的發言也會使他茁壯，變得堅強。事實上，在一九五九年，每當我聽說我年幼的弟弟、妹妹做出頗令人火大的行徑時，我都會思考它們帶給西多大的快樂。我記得法蘭妮在大約四歲那年，曾坐在他的大腿上，面朝他，極為欽佩地說：「西摩，你的牙齒好棒、好**黃**啊！」他真的是步伐蹣跚地走過來問我有沒有聽到她說的話，我不誇張。

上段中的一則發言令我徹底打住了。為什麼我對小朋友惡作劇的喜愛只有斷斷續續的？當然是因為那些針對我而來的惡作劇，有時含有不少惡意。我並不是要說我最不該受到這種待遇。我在想，讀者對大家庭有多少了解？更重要的是，有多少讀者能忍受我談這個主題？我至少得說這麼多：如果你是一個大家庭（尤其西摩和法蘭妮差了將近十八歲）之中的兄長，你要不是指派自己，要不就是會一不小心被指派成家中教師或良師益友的角色。你也幾乎不可能不變成一個督導者。不過就算是督導者也有形狀、尺寸、顏色這些個體差異。比方說，當西摩叫雙胞胎之一或卓依或法蘭妮或甚至布布女士（她只小我兩歲，舉止幾乎還是個小姐）進門脫掉雨鞋時，每個人都知道，他主要是想說，如果不脫鞋，地板會留下腳印，而貝西就得拖地了。當**我**告訴大家脫掉雨鞋時，他們會知道我主要是想表達不脫的人是邋遢鬼。而這注定會使小朋友們對我們開玩笑或惡作劇的方式產生不小的差異。我大吼以免旁人聽不到：這坦白難免聽起來誠實、迎合讀者到有點可疑了。我能怎麼辦？每當我說話帶有誠實約翰的語調時，我就得暫停所有書寫嗎？難道我就不能指望讀者明白——假如我不肯定認為自己在家中處於受容忍的立場、冷淡不足以形容家人的態度，我就不會自嘲（在這情況下，就是對我可憐的領袖特質施壓）了？再報上我的年紀一次會有幫助嗎？寫這段文字時，我已是個頭髮斑白、屁股鬆垮的四十歲男子了，肚子頗大，不因為今年並不打算組棒球隊，或因為我的敬禮手勢不夠俐落，無法進候補軍官學校，就把銀食鏟扔到地上的機會也差不多大（希望囉）。再說，放棄自尊的作者所寫的坦承性的文字八成都會散發出一丁點作者自尊的氣味，無一例外。每當有人公開坦承某事時，我們該傾聽留意的，是他**沒**坦承的事。人在生命中的某段時期（說來難過，通常是在他**成功**的時期）可能會突然覺得**自己有權**坦承一些事，像是大學期末考作弊，或他甚至可能會選擇透露自己在二十二到二十四歲之間有性功能障礙，不過這些堂皇的告白無法確保我們將來必定不會發現他曾對他的寵物倉鼠發飆、踩牠的頭。很抱歉得說這些，但我的擔憂在此似乎是合理的，我要書寫的是我所認識的人當中，唯一一個（用我的措詞來說）讓我真心覺得背影巨大的，而**任何**可納入考量的領域當中，我所知的範圍內，也就只有他不會有一時半刻令我產生懷疑——懷疑他暗藏了一整櫃淘氣、惱人的虛榮心。光是想到我可能偶爾沒在書頁上挖掘出他討喜的地方，我就害怕——事實上，是感到不祥。也許你會問我那樣說是什麼意思，不過並非所有讀者都是有本領的讀者。（西摩二十一歲時，幾乎已成了英語系的正教授，也教書兩年了。那時我曾問他，如果非要舉例不可的話，教書最讓他沮喪的部分是什麼？他說他不認為教書有哪個部分真的令他**沮喪**，不過他覺得有件事令他害怕：讀大學圖書館內書頁邊緣上的鉛筆注記。）我會把文章寫完。我再說一次，並非所有讀者都是有本領的讀者，我還聽說（書評會告訴我們**所有事情**，而且會先說最糟的事）我身為作家有許多外表上的魅力。我真心恐懼的是，有一種讀者也許會認為我活到四十歲是某種勝利；比方說，我就不像書上的**另一位老兄**，沒「自私」到選擇自殺，放我**整個可愛的家庭**孤立無援。（我說我會把文章寫完，但我終究辦不到。並不是因為我沒有鐵打的體格，而是因為要正確地收尾，我就得觸及——我的天啊，**觸及**他自殺的細節，而依照現在的速度，我預計還要好幾年才能著手去寫。）

不過在我上床睡覺前，我會再告訴你一件事，對我而言似乎極為切題之事。如果大家能全力避免將它視為一次絕對性的臨時起意，我會非常感激。我可以告訴各位的，就是呢，一個完全可深入探究的理由，藉此說明「四十歲」為何成為寫這篇文章的可怕優勢／劣勢。西摩死於三十一歲那年，光是從他小時候一路談到**那個**完全稱不上年事已高的歲數，可能就得花上我好幾個月，甚至好幾年了，我調節出的狀態就是這樣。現在，你們幾乎只會看到我寫他幼兒或兒童（上帝行行好，我絕對不要說是**小鬼**）期的事情。當我和他一起在書頁上活動時，我也會是個幼兒或兒童。不過，我相信，我會一直有意識地，但可能不會太盲目地，用意志力告訴讀者，這場戲背後有個頗痴肥且年紀非常接近中年的男子在主導。在我看來，這想法並沒有比大多數關乎生死的事實還要令人感傷，但也不遑多讓。到目前為止，你們只聽到我的說法，但我必須告訴你們，我很清楚，就跟我對其他事情的掌握一樣清楚：如果西摩和我位置互換，由他站在我的立場，身為敘事者兼正牌老大的純然資深的地位肯定會令他大受打擊（事實上是受到重創），逼得他放棄這個寫作計畫。我之後不會再提這些了，當然了，但我很高興它浮上檯面。這是事實，請不要只是看見它，請感受它。

我畢竟是不會上床睡覺了，這一帶的某人謀殺了睡眠。幹得好。

一個尖銳、令人不快的嗓音（不是來自**我的**讀者）說：你明明說你要告訴我們你哥**長什麼樣子**。我們不要這些該死的分析和膠著的文字。

但我要，這些膠著文字的每一丁點我都要。我可以減少一些分析，不用懷疑，但那些膠著的文字我全都要。如果有在此狀況下能讓我保持清醒的禱文，那就會是膠著的文字。

我想我可以刻畫他的長相、體格、舉止——作品，幾乎哪一年的都行（他在海外的日子不算），而且可以刻畫到相當相像的程度。別委婉了，拜託。我可以完美地刻畫他的形象。（如果要這樣繼續下去的話，我得在何時何處向讀者訴說我們家族某些成員所具備的哪些類型的回憶，以及我們的記憶力有多強呢？西摩，卓依，我本人。我不能那樣無限拖延下去，但把這些寫出來印在書上會有多難看？）如果有哪個好心人發個電報仔細告訴我他偏好我刻畫什麼樣的西摩，對我會有莫大的助益。如果有人只邀請我刻畫**西摩**，任何西摩，我心中是會浮現鮮明的印象，沒錯，但他會同時以大約八歲、十八歲和二十八歲的模樣出現在我面前，頭髮茂密同時又極為稀疏，穿著夏季露營者的紅條紋短褲，搭配皺巴巴的棕色軍服上衣和中士條紋徽章，採跏趺坐的姿勢，同時坐在八十六街RKO劇院的看台上。只呈現那種形象讓我感受到一種威脅性，我不喜歡。首先，我想這會令西摩感到憂心。當某人的研究對象同時也是他的「親愛的主人」[29]時，他會很難熬的。我想，如果我和我的直覺進行適當的磋商後，選擇用一種文學性的立體主義去呈現他的面孔，他也許就不會太憂心了。說到這個，**如果**我的直覺建議我文章剩下的部分都只用小寫字母來書寫，他肯定完全不會感到憂心。我不**介意**在此使用某種立體主義，不過我的最後一個本能要我發起好樣的、下層中產階級式的對抗。總之這問題我想留待後日後解決。晚安，晚安了，卡拉巴許太太[30]。晚安，該死的刻畫。

＊

我今天早上，在課堂上（我恐怕瞪著弗德馬小姐那舒適得不可思議的過膝褲看了一段時間）做了決定。既然我不太有辦法幫自己說話，那真正有禮的做法，就是讓我雙親當中的一位率先起頭。有比我們的**原始之母**更適合的人嗎？不過找她來的風險極高。就算感傷不會使人養成撒小謊的習慣，他們天生惡劣的記憶力也肯定會。比方說，貝西習慣撒的關於西摩的小謊，是他的身高。在她心中，他瘦高得很不尋常，體格有德州佬的調調，進房間時總是要低頭。事實上，他的身高是五英尺十點五英寸[31]——以現代的綜合維他命標準而言是偏矮的高個子。他對此欣然接受，不特別偏愛高大身材。我有陣子一直在想，不知道雙胞胎長到超過六英尺後，他會不會寄卡片慰問他們？我想如果他今天還活著，看到卓依渾身散發演員氣質卻長得矮矮的，肯定會在臉上堆滿微笑。他，西，堅信真正的演員重心位置都很低。

29 原文用法文，cher maître。

30 吉米．杜蘭特秀的結尾台詞。他固定向卡拉巴許太太道晚安，許久以後才承認那是妻子的綽號。

31 約一七九公分。

「臉上堆滿微笑」是筆誤，我現在沒辦法阻止他微笑了。要是有哪個嚴肅型的作家代替我坐在這，我會很開心的。我開始從事寫作時最早發的誓之一，是在我筆下角色的**微笑**或**咧嘴笑**上裝一個調節閥。賈桂琳咧嘴笑了。慵懶的大塊頭布魯斯·布朗寧露出挖苦的微笑。伍參隊長猙獰的五官突然露出一個淘氣而燦爛的笑容。然而，它在此仍向我逼近。先從最糟的部分開始處理：我認為，做為一個牙齒狀態介於普普和糟糕之間的人，他的微笑算是非常、非常棒。要描寫這背後的原理似乎一點也不麻煩。當他的微笑橫衝直撞時，房間內其他人往往面無表情，或者反其道而行。他的分電器規格並不標準，就算只就我們家來看也一樣。當小朋友的生日蛋糕蠟燭被吹熄時，他有可能會露出極為嚴肅的表情，就算稱不上如喪考妣。另一方面，當某個孩子向他展示自己潛入水中游泳時的肩膀掛彩，他有可能會露出喜色。我想，嚴格來說，他從來不曾客套地笑，要說他臉上永遠缺乏本質上適切的表情，似乎也說得通（也許這**有點**誇張了）。比方說，他對別人肩膀刮傷展露的微笑往往令人火大（如果那個別人就是**你**的話），不過它在別人急需分心時也能發揮作用。他在生日派對、驚喜派對上的嚴肅並不會使人掃興——或者幾乎可以說，從來不比他參加第一次聖餐禮或猶太成人禮時咧嘴笑還要惱人。而且我不認為那是我身為弟弟的偏見。完全不認識他，或跟他只有點頭之交，或只知道他是電台節目知名童星（現役或退役時代都沒差）的人，偶爾會為他的特定表情（或缺乏表情）**倉皇失措**，不過那只會維持一小段時間，我想。而這些受害者心中往往會興起近似好奇的情緒——就我印象而言，沒有任何人真的因此憎恨他或受驚。其中一個原因（當然是最不複雜的）是，他的所有表情都很天真無邪。他長大成人後（我猜這就**是**身為弟弟的偏見了），我認為他擁有大紐約地區最缺乏防備心的成人面孔。在我記憶中，他的臉上會出現不坦率、藝術性的表情，就只有在家中刻意娛樂某些親戚的時候。不過就連這情況也缺乏日常性。大致而言，我會說他身上的幽默感帶有一種節制，而那節制是我們家中其他人所沒有的。不過頗為顯見的是，那不代表他的幽默並非他的主食，不過他一般而言只會得到，或者幫自己取用一小片。我們的父親不在時，家族開心果的角色固定會由他扮演，而他通常會欣然承擔。我想，有個例子可以充分表達我的意思：當我大聲向他念出我的短篇小說新作時，他總有一個不動如山的習慣，就是我每念一篇故事，他都會在我念到一段對話時打斷我，問我知不知道我的**耳朵對口語的節奏感和韻律非常敏銳**。他對我使出這招時，總愛裝出聰明伶俐的模樣，引以為樂。

我接下來要談的是**耳朵**。事實上，我要呈現的是一部小電影——一部布滿雜訊的短片，在那裡頭，大約十一歲的布布興起一股放縱的衝動，離開晚餐餐桌，衝回房間，一分鐘後開始試著為西摩戴上一副耳環，活頁筆記本上剪下來的那種。她對成果非常滿意，西摩也戴了一整晚，說不定戴到它們染了血才罷休。不過它們不是為他量身打造的。很遺憾，他的耳朵不像海盜，反而像老猶太神祕學家或老佛陀。耳垂極長，豐厚。我記得韋克神父幾年前曾穿著一套光鮮亮麗的黑西裝來訪，趁我在玩《紐約時報》填字遊戲的時候，問我覺不覺得西的耳朵很唐朝。我自己會用更久遠的朝代去形容。

我要上床睡覺去了。也許我會先去圖書館，和安斯特魯瑟上校喝杯睡前酒，然後再上床。為什麼寫這篇文章把我累成這樣？我雙手汗溼，腸胃翻攪。**完人**根本就不在家。

除了眼睛，也許（我說**也許**）還有鼻子之外，我打算跳過他臉上的其他部位，管他的綜合性。要是有人指控我「**毫無**保留讀者想像空間」，我可承受不起。

＊

他的眼睛和我的、列斯的、布布的有一、兩個利於描述的相像之處：（a）你可以有點扭怩地形容這幾個傢伙的眼睛顏色都像是特別黝黑的牛尾，或哀愁的猶太棕，還有（b）我們的眼睛都接近半圓形，而且在某些情況下，眼袋顯著。不過呢，除此之外就沒有其他血親相似處了。這樣說有點對女士們不客氣，不過若問我家中眼睛最漂亮的兩個人是誰，我會把票投給西摩和卓依。不過他們的眼睛完全不相似，顏色還只是其次。幾年前，我發表了一篇**格外難忘**、**縈繞心頭**、具備令人不快的爭議性，且非常不成功的短篇小說，談的是一個「天賦異稟」的小男孩搭越洋郵輪的故事，當中某處詳述了小男孩的眼睛。巧的是，我此刻手邊剛好就有一本收錄該篇小說的書，品味十足地別在我浴袍的翻領上，我引用內容如下：「他的眼睛是淺棕色的，不怎麼大，有點斜視——左眼比右眼嚴重，但幸好沒讓他的面貌變難看，甚至看第一眼都未必會注意到。頂多別人看了會略提一下，而且都會是這種意見：認真深思許久後，希望它們更端正、更深邃，更棕或更開。」（也許我們最好在這裡暫停一下，喘口氣。）事實上（此話很真誠，沒有玩笑的成分），那根本不是西摩的眼睛。他的眼珠是黑色的，很大，間距適切，真要說來，一點也不斜視。

但我家仍至少有兩個人知道並指出我試圖用上面那段描述來形容他的眼睛，甚至覺得我沒有執行得太糟，就某種古怪的角度而言。現實中，他的眼睛帶著某種飄忽不定、超級薄紗般的氣韻——但那根本不是一種外貌，而這正是我碰壁之處。另一位同樣愛開玩笑的作家（叔本華）曾在他極其歡樂的作品中描寫一雙類似的眼睛，在此我要開心地說，他的成果跟我的可相提並論，都是一團雜燴。

好吧，鼻子。我告訴自己，這只會耗我個一分鐘。

在一九一九到一九四八年內的任何時間，你若進入一個有西摩和我在的擁擠房間，你可能只有一個方法（但這方法絕不會出錯）可以知道他和我是兄弟。那就是看我們的鼻子和下巴。下巴，當然了，我可以愉快地說我們幾乎沒有下巴，一分鐘內打發掉這部分。不過鼻子呢，我們顯然有鼻子，而且幾乎是一個模子印出來的：兩個大而肥厚、低垂、**錯視畫**般的玩意兒。家族中其他人都沒有這樣的特徵，唯一的例外（過於鮮明的例外）是我們親愛的老曾祖父佐佐，他的鼻子鼓脹在早期的銀版攝影照中，過去讓年紀還小的我非常驚慌。（仔細想想，西摩從未開過……應該可以說是解剖學方面的玩笑吧，有次卻令我感到意外。他說他在想，我們的鼻子，也就是他的、我的、曾祖父的鼻子會不會面臨某些蓄鬍者的就寢難題，那就是睡覺時該放在被子裡頭還是外面？）不過我寫這段若寫得太歡樂，是會有風險的。我要把話講明（有必要的話不惜冒犯人），不給任何模糊地帶：我們的鼻子絕非西哈諾[32]臉上的浪漫突起。（我想，在這個嶄新的精神分析時代裡，鼻子無論如何都是個危險的主題。幾乎所有人都理所當然地清楚西哈諾的鼻子和他那些俏皮話的先來後到順序，也知道國際臨床醫學界廣泛性地陷入沉默，不再為所有結巴得無可否認的大鼻子老兄說話。）我想，我們這兩個鼻子大致上的寬度、長度、輪廓方面，只有一個值得一提的差異。我不得不說，西摩的鼻梁明顯往右偏，格外不對稱。西摩總是懷疑，我們的鼻子擺在一起看，我的會顯得更高貴。那「彎曲」是某人在我們的河濱道公寓玄關內迷迷糊糊練習揮棒時造成的，意外發生後，他的鼻子再也沒有恢復原狀。

萬歲，鼻子寫完了，我要去睡了。

*

我還不敢回頭去看目前寫好的部分；我長年有種職業性的恐懼，我怕我在午夜鐘聲響起時變成一條使用過的皇家打字機色帶，而那感受在今晚**非常**強烈。不過我有個好點子，所以我才沒去將一名阿拉伯教長描繪得靈活靈現。這應該是公道而正確的吧，希望囉。在此同時，我不能讓我該死的失職和熱切誤導讀者，使他們猜測西是一個（這詞彙多麼尋常、討厭）**有魅力的醜男**。（這在**任何**場合都是極為可

---

32 十七世紀法國劍客兼作家，《大鼻子情聖》即改編自他的事蹟。

疑的標籤，一般使用者是特定女性（真人也好，虛構人物也罷），而他們用這個標籤是為了合理化他們或許過於奇妙的吸引力，引來的都是些悅耳慟哭的惡魔，或者有點拐彎抹角地說，養得不美的天鵝。）就算得反覆強調（而我發現我已經在做了），我也要把話說清楚：也許程度有些許差異，不過我們兩個人顯然都是「相貌平凡」的小孩。天啊，我們真是不起眼。雖然我想我可能會說，我們的相貌隨著年齡成長以及「臉蛋變圓」，有「相當程度的改善」，但我還是要再三強調，在我們的男孩、小伙子、青少年時期，許多心思細膩的人第一眼看到我們都會清楚感受到痛苦，這是無庸置疑的。我在這裡指的許多人當然是成人，不是小孩。大多數小朋友不會那麼容易感到受折磨——至少不會是大人那種方式。另一方面，大多數小朋友也並不特別心胸寬大。在小朋友的派對上，刻意想表現出寬宏大量的某個媽媽，往往建議大家玩轉瓶子或郵局遊戲[33]，我也可以坦率地證實，格拉斯家的長子和次子在他們的成長過程中，收過一袋又一袋的未寄信件（這麼說不合邏輯，但令人滿意，我想），已成為老手，當然了，除非郵差是有點瘋瘋癲癲的小女孩**妓女夏洛特**，我們兩個才會有份。這令我們困擾嗎？這會造成困擾嗎？**現在好好思考一下吧，作家**。我經過深思熟慮的答案是：幾乎從來不會。我可以輕易想到三個原因，來解釋我個人為何不太受影響。一，除了一、兩次不甚穩當的中斷之外，我想我從小到大（這要大大感謝西摩的堅持，但也不完全是他的功勞）始終是一個異常具魅力又能幹的傢伙。如果有誰不這麼認為，那他的品味會受到抨擊，既顯著又莫名缺乏關鍵性的抨擊。第二（如果你受得了的話，我不認為你行），我知道自己長大後會成為一流作家，五歲前就有樂觀又全面的確信。第三（這有一丁點偏差，但都沒對我的內心造成影響），西摩和我的任何外觀上的相似性，都會讓我暗自感到開心、驕傲。西摩自己的情況則不太相同，一如往常。他一下子萬分在意，一下子

33 美國兒童派對上常玩的遊戲。小朋友分為兩組，其中一組全數進入一個叫「郵局」的房間，另一組人依序進入裡頭，接受所有人的親吻。

又毫不在乎自己長得不順眼這件事。當他在意時，他是考慮到別人的觀感才在意，而此刻我發現我的思緒飄到一個特定的人身上，那就是我們的妹妹布布。西摩為她痴狂。這句話沒說明到什麼，因為他為家中的每一個人都痴狂，也為外頭的大多數人痴狂。不過布布和**我**所知的每一個年輕小女孩一樣，曾通過一個階段（我得說她這個階段相當短，值得讚許）：她每天至少會被那些堪稱大人的傢伙的**失態**和**失禮**「逼死」兩次。在這階段的高峰，光是她最喜歡的歷史課老師吃完午餐進教室時臉上黏著一點奶油蛋糕的渣，就足以令她萎靡、「死」在桌上。然而，她回家後頗常因為一些更瑣碎的原因而「死」，這種時候西摩就會感到頭疼、擔憂。他為她著想，因此特別會替派對或類似場合上朝我們（他和我）走來的大人擔心，他們總會說我們今晚多麼帥氣。就算不完全是那樣的情況，**類似**的情況也不算少，而布布彷彿總是待在聽得見他們說話的範圍內，積極地等「死」。

也許我太不謹慎了，我應該要更擔心一種可能性才是：我可能對他的臉——他

肉身之臉這個主題太感興趣了。我會欣然讓步，接受我的寫作手法出現一些殘缺，未臻完美。也許我寫這段側寫時下筆太重了。一方面，我發現我幾乎談到了他臉上的每一個器官，卻幾乎還沒觸及它的**神采**。我沒料到，這想法本身就是一種強大的鎮靜劑。然而，儘管我感受著它，承受著它，我從一開始就抱持的確信卻還是完好無缺——舒適乾爽。「確信」這詞一點都不精準，那更像是給酷嗜懲罰者的獎賞，忍耐力證明書。我感覺我擁有一種**知識**，一種編輯性的洞見；我過去十一年來試圖在紙上描寫他，招致了種種失敗，而那知識就是從那提煉出來的。那知識告訴我，我不能用保守的敘述去掌握他。事實上，要反其道才對。自從一九四八年開始，我書寫並矯揉做作地燒毀了至少十幾篇關於西摩的故事或草稿——其中一些相當帶勁，有可讀性，儘管它不該如此。不過它們不是西摩。保守地去陳述西摩，那陳述便會轉變、**熟成**，化為一個謊言。也許是藝術性的謊言，甚至是芬芳的謊言，但謊就是謊。

我想我應該要再撐個一小時左右。獄吏！**你來確保這男人不會上床睡覺。**

至少他有很多部位不怎麼像石像鬼。比方說，他的手就很纖細。我對「美」這個字有所保留，因為我不想陷入「手很美」這種徹底該死的措詞中。他的手掌很寬，拇指和食指間的肌肉意外發達，看起來很「強壯」（**引號用得一點必要也沒有**——看在老天分上，放輕鬆），但他的手指甚至比貝西的還要修長、細瘦；中指呈現你會想用布尺丈量的形狀。

我在思考最後一段該怎麼寫。意思是指，我在斟酌該放多少個人性的讚賞進去。不知道讀者能允許一個人欣賞他哥哥的手到什麼程度？到什麼程度還不會令一些現代人挑起眉毛？威廉神父啊，我年輕時參加的那個讀書會頗常把我的異性戀性向（我該說，除去少數不那麼自覺的時期）拿來當作八卦的話題。而我現在想起來了（也許浮現的影像有點太鮮明了），索菲亞·托爾斯泰以徹底被激發（我對此毫無疑慮）的好戰、惱怒態度，指控她那十三個小孩的父親（那個夜夜為她婚姻生活帶來不便的老人）有同性戀傾向。大致上而言，我認為索菲亞．托爾斯泰是個非常不優秀的女子——還有，我的原子排列使我天生傾向相信：有煙處通常有草莓果凍，鮮少有火。不過我也斷然相信，任何全力以赴的散文作家都有濃厚的雌雄同體氣質，甚至連志願成為作家者亦然。我想，如果這人偷偷取笑那些穿著隱形裙子的男性作家，那他等於是在冒一個無窮盡的險。這話題就到此為止了。我表現出的自信正是可輕易、生動地濫用的那種。我們在紙頁上竟然不比現實中懦弱，真是奇了。

西摩的嗓音，他不可思議的聲帶，我在此無法討論。首先，我沒有足夠的篇幅可以妥善地舉證。目前，我只能用我缺乏吸引力的**神祕嗓音**說，他的嗓音是我至今聽過最棒的，徹底不完美的樂器。不過我要再說一次，關於它的完整描述，我要留待以後再寫。

他的膚色很深，或至少在「蠟黃」的邊陲、安全範圍，而且非常潔淨。他在整段青春期內都沒有長過青春痘，令我大為困惑且惱怒，因為他跟我吃的推車點心（或者我們母親口中的**從不洗手的骯髒男人做的不衛生餐點**）一樣多，喝的汽水起碼跟我一樣多，而且洗滌身體的次數絕對比我少得多。他忙著確保家中小孩（尤其是雙胞胎）規律梳洗，結果自己經常漏掉。這把我甩回理髮廳這個話題了（對我來說並不怎麼合宜）。某天下午，我們一起去剪頭髮的路上，他突然在阿姆斯特丹大道上止步，在我們左右都有車子呼嘯而過的情況下，嚴肅地問：如果他不跟我去剪頭髮，我會不會在意？我把他拉到路邊（真希望從小到大每次把他拉到路邊我都能得到一個五分鎳幣），說我絕對**會**介意。他覺得自己的脖子不乾淨，不想讓理髮師維多看到自己髒兮兮的身體，以免冒犯到他。嚴格來說，他的脖子**確實**很髒。那不是他第一次，也不是最後一次把一根手指塞進上衣領口，然後叫我看。那裡通常會維持淨空，符合它應有的模樣，但它不淨時就絕對不淨。

我現在真的得上床睡覺了。女訓導主任（一位非常親切的人士）一大清早就會來吸地了。

＊

衣著這個可怕的主題應該要在這一帶的某處登場了。如果作家能盡情描述他們角色的衣著，一件件談，一條一條皺褶都不放過，那會是多麼美好自在的事啊。為什麼我們無法那麼做？某部分是基於一種傾向，我們傾向帶給讀者（我們從未謀面的人們）疑慮所產生的劣勢或優點——當我們不認同讀者對人類與道德觀的了解與我們一樣深入時，讀者便居於劣勢；當我們傾向不相信讀者手上握有的情報不如我們的瑣碎、精巧時，他們便享受了益處。比方說，假如我去看足科醫生，並剛好在《捉迷藏》雜誌看到某個嶄露頭角的美國公眾人物（一個電影明星、政客、剛獲指派的大學校長）的照片呈現出他在家中的模樣，米格魯在腳邊，牆上掛著畢卡索，他自己穿著諾福克獵裝外套，這時我通常會對狗讚譽有加，也有足夠的文化氣息可以欣賞畢卡索，但要我針對美國公眾人物穿諾福克獵裝外套這事下結論的話，我有可能會無法忍受。也就是說，如果我打一開始就不喜歡某個人，那外套會令我完全篤定。我會透過它認定該人的知識增長速度太該死地快了，不合我意。

來吧。青少年時期的西和我都很不懂得打扮，各有各的糟法。我們**這麼**不懂打扮是有點怪（沒到真的很怪）的事，因為我們小時候的行頭頗令人滿意且曖曖內含光，應該吧。在我們做為電台雇用表演者的職業生涯初期，貝西總會帶我們到第五大道上的德皮納採買衣服。她最早怎麼會發現那麼文靜又傑出的店家？幾乎每個人都會做出猜測。我弟華特在世時是個非常優雅的年輕人，他覺得貝西是直接走向警察問路。這推測並非毫不合理，因為貝西在我們還小的時候，習慣向紐約市內最接近德魯伊聖賢的人物——愛爾蘭裔交通警察，請示她最難纏的問題。某種程度上，我可以假定貝西之所以能發現德皮納，**肯定**跟愛爾蘭人出了名的幸運脫不了關係。

但也肯定不是光靠運氣。比方說（這是題外話，但很棒），在任何既存的語言框架內，我媽始終都無法稱得上是一個「會看書的人」，但我還是看過她走進第五大道上其中一棟俗麗的書籍宮殿，買我某個外甥的生日禮物，結果走出店外（冒出來）後，手上拿著一本凱·尼爾森插畫版的《日之東與月之西》，如果你了解她，你便會有把握地想：她剛剛在裡頭肯定從頭到尾都表現得像個貴婦，但拚命避開晃來晃去、有心相助的銷售員。不過讓我們回來談我們小時候的長相吧。我們在青春期的初期便開始買自己的衣服，不受貝西和彼此影響。西摩年紀較大，算是率先岔出自己的路，但我的機會來臨後，我便開始彌補失落的時間。記得我剛滿十四歲的時候就拋下了第五大道，彷彿當它是冷掉的馬鈴薯似的，然後直接投向百老匯大道——更具體地說，是五十街那一帶的某間店。我想，裡頭銷售員的不友善程度呢，不算是只有一點點，不過至少一個打扮時髦的人迎面而來時，他們辨識得出來。西和我一起上電台節目的最後一年，也就是一九三三年，我每個上節目的晚上都穿淺灰色雙排釦大墊肩西裝，好萊塢「翻」領午夜藍襯衫，並搭配我在大致算是正式場合上專用的橘黃色棉領帶，有兩條一模一樣的，其中一條送洗時，就繫另一條。老實說，之後我不管穿什麼，感覺都沒有那麼好了。（我不認為作家有辦法真正地擺脫他過去的橘黃色領帶。我想，它們遲早會出現在他的文章，而他對此沒什麼該死的對策。）而西摩則幫自己選擇了極為有條理的衣著。**在此**，主要的小問題是，他買的衣服（尤其是西裝外套、大衣）從來都不合身。每當有修改部門的人靠向他時，他肯定都會溜之大吉吧，衣服八成才穿到一半，上頭肯定沒任何粉筆記號。他的西裝外套全都在他身上東倒西歪，他的衣袖長度依舊通常會蓋到他的拇指中關節，或止於腕骨。褲底幾乎總是最不合身，偶爾挺令人敬畏的，彷彿標準版三十六號的屁股被拋進四十二號的褲子內，如豌豆掉進籃子。不過還有些更可怕的面向可以讓我們思考。衣服一旦真的披到了他身上，他就會徹底遺忘其存在——也許心中只會隱約有個狹隘的想法：我不再是全裸了。這象徵了一種本能性的（甚至有教養的）反感，反感於扮演我們圈子所謂的**時髦人士**，但還不僅如此。我實際跟他去**採買**衣服過一、兩次，如今回想起來，我認為他買衣服時懷著一種溫和但（在我看來）令人愉悅的驕傲——彷彿一個年輕的**梵行期修行者**（或者說印度教的新手修行者）正在挑選自己的第一條纏腰布。喔，那怪透了。那些衣服在西摩穿上的那一刻，也會立即出錯。他也許會站在敞開的衣櫃門前三、四分鐘研究他那一頭的領帶架，看起來好好的，很尋常，但你**知道**（如果該死地蠢到坐在附近盯著他）他一旦做出實際的選擇，那條領帶就毀了。要不是領帶結注定畏於服貼地窩在V字領上（它通常落在第一顆釦子下方四分之一英寸處），不然就是有可能形成領帶結的部分被安全地推到定位，但後頸的衣領下方必定突出一小截軟薄綢，看起來頗像是觀光客的望遠鏡背帶。不過我想撇下這巨大又難纏的主題了。簡單說，他的衣著經常使全家人陷入近似絕望的情緒之中。我在這裡給大家的只是**驚鴻一瞥**式的敘述而已，真的。類似的事要多少有多少，我也許可以再補充一點（並迅速收尾）：比方說，你在某夏日的雞尾酒尖峰時段，站在巴爾的摩的某棵棕櫚樹盆栽旁邊，而你的主君蹦蹦跳跳踩上一段公用樓梯，看到你顯然萬分高興，但身上該固定、該綁的部位都沒搞定——那經驗真是極為惱人。

我想再多談一下在樓梯上蹦蹦跳跳這件事——也就是說，盲目地追述它，完全不考慮它該死地會將我帶往何方。他踩每一個梯級都是蹦蹦跳跳的，用衝的。我很少看到他用其他方式走樓梯。這令我想要（這念頭伴隨著悔恨，我打算這樣認定）開啟精神、活力、生命力的話題。我無法想這年頭有誰會（我無法輕易想像這年頭有誰會）理會詩人就是文弱這種老掉牙又被廣泛認可的論調——唯一的例外是心理異常偈促不安的碼頭工人、一些退役的陸軍和海軍將領，還有許多擔心自己二頭肌太小的小男孩。儘管如此，我還是準備好要提示各位一件事了（尤其因為有許多軍事、戶外派壯漢將我視為他們最愛的奇談編織者）：要完成一流詩歌的最終定稿，得用上大量純肉體的精力，無法只靠精神力或鐵打的自我。遺憾的是，好詩人變成該死的弩腳健身者的情形只能說太常見了，但我相信上天往往一開始就會發配一具耐用的身體給他。我哥是我所知的人當中體力最源源不絕的一個。（我突然注意到時間了，還不到午夜，而我漫不經心地考慮滑到地上，用懶散的姿勢繼續寫字。）我突然想到，我從未看過西摩打呵欠。他肯定打過，當然的，但我從未見過。這肯定也跟禮儀無關；沒有人小心翼翼地在家中憋住呵欠。我動不動就打呵欠，我知道——而我睡眠時間還比他多。不過很明顯的是，我們兩個人都睡得很少，甚至從小就是這樣。尤其是我們上電台節目年代的中期（也就是我們屁股口袋裡都塞著至少三張圖書館借書證的那幾年，彷彿那是受到粗暴對待的舊護照），我們的臥室燈鮮少在晚上（上學日的晚上）兩、三點前熄滅，只會在連士官長貝西巡視敲門後的關鍵時刻內關燈。當西摩熱衷於某事，研究起某事時，他有可能（且自從十二歲那年起就經常這麼做）會連續兩、三天不睡覺，而且看起來也好，聽起來也好，狀態都沒有變虛。大幅的睡眠減量顯然影響了他的循環系統；他有手腳冰冷的問題。大約在第三天無眠的夜晚，他會至少放下手邊的事情，抬頭看我一次，問我覺不覺得有一股可怕的強風。（我們家沒人感覺得到氣流，就連西摩也不例外。他們只感覺得到可怕的強風。）或者，他會從椅子上或地上起身（放下他正在讀或寫或思考的事），去確認有沒有人離開廁所時忘了關窗。除了我之外，貝西是家中唯一看得出西摩沒睡覺的人，判斷依據是他穿著幾雙襪子。他從燈籠褲畢業改穿長褲後的那幾年，貝西總是會將他的褲管拉起來，看他是不是穿著兩雙襪子防寒。

我今晚是我自己的沙人[34]。晚安！晚安了，所有寡言到令人惱怒的人們！

＊

有許多、許多年紀以及收入層級皆與我相近的人，以迷人的準日記形式書寫他們死去的兄弟，但從來就不曾多費點心思告訴我們寫作日期以及他們的所在之處。

缺乏合作意識。我發過誓，不會讓這種事發生在我身上。今天是星期四，而我回到這張可怕的椅子上了。

現在是晚上十二點四十五分，我從十點開始就坐在這了。具體的西摩在紙頁上，而我在摸索一個「將他介紹成**運動員兼競技選手**同時又不會過度激怒討厭運動和競賽的人」的筆法。我驚慌又想吐地（真的）發現，我除非先道歉，不然起不了頭。其中一個原因是，我所屬的英語系上剛好至少有兩個人正要成為公認的固定劇目級現代詩人，第三個人是東岸學界一個極度瀟灑的文學評論家，梅爾維爾專家中的指標級人物。這三個人（他們都對我有好感，你可以想像）會以我傾向視為過於開誠布公的態度，於職棒賽季白熱化階段奔向電視機和一瓶冰啤酒的懷抱。不幸的是，這顆爬了常春藤的小石頭在現下有點缺乏爆點，我要把它扔出堅固的玻璃屋

34　歐洲民間故事中的睡魔。

外。我個人當了一輩子的棒球迷，我也肯定我的頭骨中肯定有個區域看起來像鋪滿報紙體育版碎紙的鳥籠底部。事實上（我認為這個詞是作家與讀者關係親近的最佳例證），我小時候連續上廣播節目六年的其中一個原因也許是，我可以向**電台王國的子民**報告華納兄弟這一週來表現如何，或者（這還更令人印象深刻）柯布在一九二一年，我兩歲那年，盜了幾次三壘。我對這主題是否有點太敏感了？我還沒有和我青春時代的下午和解嗎？在那些下午，我透過第三大道L線逃離**現實**，前往馬球球場三壘外野看台區的，我的小子宮。我無法置信。也許部分原因是，我已經四十歲了，而我認為我們應該要求所有到了這年紀的老男孩作家向前走，不要再為棒球場和冠軍戒指逗留。不對。我**知道**（我的天啊，我**知道**）我為何遲遲無法把一個審美家寫成一個運動家。我已經有好多、好多年沒想到這件事了，但它就是答案：當年另有一個極度聰明、討喜的男孩會上電台節目，就像西和我一樣——他叫寇提斯．考爾菲爾德，最終於某次太平洋登陸戰中喪生。有天下午，他與西摩和我快步走向中央公園，而我在那裡發現他投球投得像身上兩隻手都是左手似的（簡單說，像大多數女孩），我於是發出充滿批判性的捧腹大笑、種馬似的笑聲。西摩聽到我笑時露出的表情，至今於我仍歷歷在目。（我要怎麼為這種玄妙型的分析做辯解？我是不是**越界**了？我該掛牌營業嗎？）

明說吧。**西**熱愛運動和競技，室內和室外的都愛，而他本人通常極擅長或極不擅長某項運動——鮮少有中間值。幾年前，我妹法蘭妮告訴我，她最早的記憶之一，是躺在「搖籃」（我猜就像個**小公主**那樣）裡看著西摩跟某人在客廳裡打桌球。我想，她所想的搖籃，在現實中是一個破舊的嬰兒床，底下裝著輪子，她姊布布過去會推著她在公寓內到處來去，壓過一道道門檻，直到抵達眾人活動的中心。不過她仍是嬰孩時看過西摩打桌球的可能性很高，而沒在她心中留下印象且顯然毫無特色的那個對手，很有可能就是我。我和西摩打桌球時，通常會為他目眩神迷，陷入徹底黯淡的狀態。那感覺就像迦梨女神站在網子另一頭，揮舞著許多手臂並獰笑，對比分不抱持任何一丁點興趣。他猛揮拍，他切球，他追向每次發球後的第二或第三球，彷彿那必定是過高的球，適合扣殺。西摩揮擊的每五球當中會有三球掛網或落到遠離球桌的見鬼位置，因此和他對打的話，實質上是在打無截擊賽。不過這事實從未渙散他的注意力，他的對手在一段時間後會以酸溜溜的大嗓門抱怨他們得該死地在房間裡到處追球跑，到椅子、沙發、鋼琴下方，以及書架後面等棘手位置撿球，但他總是萬分驚訝且流露出難堪的歉意。

他打網球也同樣猛烈，同樣凶殘。我們以前常常一起打，尤其是我大四在紐約時。當時他已在同一所大學任教，我有一段日子（尤其是在春天）非常害怕大晴天，因為我知道在那天會有個年輕人攔住我的去路（像少年吟遊詩人那樣），遞給我西摩的紙條，上頭說今天天氣真棒不是嗎？等等要不要打一下網球。我不願和他在大學球場打球，因為我怕我的朋友**或**他的朋友（尤其是他某些不可靠的同事[35]）可能會看到他活蹦亂跳的模樣。因此我們通常會去九十六街的利浦球場，我們的老地盤。我曾想出堪稱是史上最於事無補的一招，那就是故意把網球拍和運動鞋放在家裡，而不是鎖在學校的置物櫃中。不過這有個小優點。當我更衣準備去球場見他時，我會得到旁人的些許同情，而且我的妹妹或弟弟們時不時會懷著憐憫心列隊走到前門幫我摁電梯。

牌桌上的他令人無法忍受，不過玩哪種牌都一樣，沒有例外——皆大歡喜、撲克、卡西諾、傷心小棧、老處女、競叫橋牌或合約橋牌、心臟病、二十一點。不過他玩皆大歡喜**頗有看頭**。雙胞胎還小的時候，他會陪他們一起玩，不斷給提示，要他們問他有沒有任何四點或J，或刻意咳嗽露出手中的牌。玩撲克時，他也光芒四射。我在青少年時期的晚期曾經歷過一個短暫的階段：我玩起一個半機密、艱苦、失敗的遊戲，內容是將自己轉化成一個擅長結交朋友的人，一個普通人。那時我經

---

35 原文用德文，Kollegen。

常找人來家裡玩撲克。西摩常常參戰。你要費不少工夫才能避免注意到他滿手都是A，因為他會坐在那裡（這是我妹說的）笑得像手裡有一整籃蛋的復活節兔。更糟的是，他拿到順子或同花順或更好的牌，而對面他欣賞的人拿著一對十點時，他也不會加注，或甚至跟注。

每五種戶外運動就有四種會讓他吃癟。在我們的小學時代，住在一百一十街和河濱道路口的那幾年，下午通常都會有某種分隊對抗的比賽可以參加，地點要不是在街道兩側（棍球、溜冰鞋曲棍球），就是在一塊草地上（這更常見），河濱道上的科蘇特紀念碑附近的那個遛狗草坪（美式足球或足球）。踢足球或打曲棍球時，西摩總是有辦法（對隊友而言格外不討喜的辦法）衝向敵陣——動作通常很出色，然後拖拖拉拉直到敵方守門員調整出一個無堅不摧的守勢。他很少打美式足球，幾乎從來不打，除非某一隊剛好缺一個人。我就固定會去打。我並不對暴力反感，主要只是怕它怕得要命，因此別無選擇，只能下場去玩；我甚至還會舉辦該死的球賽。面對西下場打美式足球的這種稀少局面，你無法事先猜測他將成為隊友的正資產還是負資產。他在分組時常常率先被選上，因為他的臀部靈活得像蛇，而且是個天生的持球手。如果他在中場持球時不會突然決定喜歡上迎面而來的阻截者，那他就會成為隊友的重要資產。不過就像我說的，你從來就無法真正預知他會協助或阻撓理想的實現。有一次，在我們經歷的其中一個罕見且趣味十足的時刻裡，我的隊友不情不願地允許我帶著球在球場一端東奔西跑，而隸屬於敵方的西摩用他開心過頭的表情看著我衝向他，彷彿那是一次純屬意外、上天保佑的巧遇，我因而倉皇失措。我幾乎徹底停下腳步，當然了，有人就撲倒了我，宛如一公噸的磚塊般壓住我——我們這一帶的人會如此形容。

我扯太多了，我知道，但我現在真的停不下來。如我所說，他在某些競技能有極好的表現。事實上，是好到不可原諒。我的意思是，在競技或體育的世界裡，有一種優異程度是你看到敵方企及時會特別痛恨的，當對方是非典型選手，是屬於特定範疇的「渾蛋」尤是如此。不按牌理出牌的渾蛋，愛現的渾蛋，或單純只是純度百分百的美國渾蛋，當然範圍從「使用廉價或劣等器具對付我們卻贏得莫大勝利的傢伙」，涵蓋到「臉上無必要地掛著開心、滿足表情的參賽者」，應有盡有。西摩從事擅長的運動時，只會犯下其中一個罪行，就是不按牌理出牌，不過那是個重罪。我想到特別顯著的三種競技：階梯球、路邊彈珠、落袋撞球。（撞球我得改天再談，那對我們來說不只是一種競技，幾乎是宗教改革了。我們每次遭逢青年期重大危機前或後，都會去打撞球。）在此向鄉村地區的讀者說明，階梯球是一種球類運動，要有一段褐石階梯或公寓大樓的門面才能玩。比賽時，投手會將一顆橡膠球投向建築物正面會有的一整排花崗岩雕花（曼哈頓流行的裝飾板條，融合了希臘愛奧尼風格與羅馬科林斯樣式），高度約到腰部。如果反彈的球落到路面上或馬路對面的人行道上，沒在飛行途中遭到敵方接住，就算是棒球的內野安打；如果球被接到了（這情形通常比沒接到多），打者就算出局。只有球飛得又高又猛，擊中馬路對面的建築物，且彈回來後沒被接住的情況，才算全壘打。在我們打球那段日子，能擊中馬路另一頭牆面的球不算少，但夠快、夠低、控球夠好，因此在飛行途中不會被攔截的球就真的很少了。西摩幾乎每次上場都會打出全壘打。我們這條街的其他男孩如果得了一分，通常會被視為僥倖（至於是令人愉快或不愉快的僥倖，由你所屬的隊伍而定），不過換作西摩，反而是沒能擊出全壘打看起來才像意外。還有個狀況更奇怪，且更切中本討論重點：他投球的方式跟這一帶的任何人都沒有相似之處。其他人，其他慣用右手，就跟他一樣的人，會站到漣漪狀擊球區的偏左位置，用力側手投球。西摩會**面向**關鍵區域，直直將球往**下**拋向它（動作非常像他打桌球或網球時不雅觀又差勁失手的上手扣殺），然後身體只做最小幅度的閃避，讓球飛過自己的頭上，直探看台，就這樣。如果你想要有樣學樣（不論是私下學還是接受他熱心的親自指導），只會害自己三兩下出局，或被飛回來的（該死的）球砸中臉。有段時間，我們這條街上的人沒人願意和他玩階梯球——就連我也不例外。

於是，他往往會花大把時間向我們其中一個妹妹解釋那遊戲有多好，或者將它轉化成一個可行性極高的單人遊戲，讓擊中對面建築物彈回來的球對準他，準到他不需改變步伐就能接住緩緩滾來的球。（對，對，我該死地寫太多了，但我發現將近三十年後，我對這整件事一點抗拒也沒有。）他玩路邊彈珠時也同樣要命。路邊彈珠的玩法是，第一個玩家沿著沒有車輛停放、長二十或二十五英尺的街道滾出或扔出他的彈珠（即射珠），使它維持在相當接近路邊石的位置。接著第二個玩家要試圖打中它，從同樣的起點投擲。少有人辦得到，因為任何東西都可能阻礙彈珠筆直擊向標記：不平順的街道本身，打到路邊石彈歪，一團口香糖，掉落在紐約街頭上的一百種典型雜物中的任何一種——更別提平凡無奇的爛準頭了。如果第二個玩家沒擊中西摩的第一顆彈珠，這人的彈珠通常會停留在非常脆弱、非常接近第一顆彈珠的位置，西摩在第二輪輕易就能擊中。玩這遊戲時，西摩十之八九立於無人能敵之地，不論他先攻或後攻。長程射擊時，他會讓彈珠路徑呈現一個頗大的弧度，彷彿從犯規線最右端擲出的保齡球。他玩這遊戲時的站姿、動作都古怪到令人惱怒。這條街上的其他人都用下手拋擲的方式進行長程射擊，西摩卻用側投（或者說甩動手腕更精準）的方式彈出彈珠，姿勢有點像是打水漂。模仿他也會是一場災難，你注定會失去一切有效控制彈珠的手段。

我想我的部分思緒已為接下來這段埋伏多時，真是庸俗啊。我已經好多、好多年沒想起這件事了。

在某個傍晚，隱約起霧時刻的紐約，街燈剛亮，汽車駕駛也才剛打開大燈（有人開了，有人還沒開），而我在和一個叫伊拉．楊克的男孩玩路邊彈珠，地點在我們那棟公寓雨棚正對面的小巷子裡，馬路的遠端。那時我八歲。那次我使用了西摩的技巧，或者說試圖使用（他甩彈珠的手法，讓彈珠畫一個大弧滾向另一顆彈珠的招數），然後不斷輸給對方。不斷輸，但不痛苦。因為那時間對紐約男孩來說，就像是遙遠的火車汽笛之於俄亥俄州蒂芬的男孩，在最後一頭牲畜被趕進獸欄之時。

在那魔幻時刻輸掉彈珠，輸掉的就只有彈珠。我想，伊拉當然也進入了時間暫停的狀態，若真是如此，他能贏得的也只有彈珠了。在萬籟俱寂之中，以完全相容於寂靜的方式，西摩向我發出了呼喚。這帶來令人愉悅的詫異，原來宇宙間還有第三個人，而他就是西摩。我的心中被激發出新的感想：這角色太適合他了。我整個人都轉過身去了，而我猜伊拉肯定也是。我們家公寓雨棚下的燈泡才剛發出燦亮的光芒。西摩站在光源前方的路邊石外緣，以足弓保持平衡，面對著我們，雙手插在羊毛襯底外套的切縫口袋中。雨棚燈泡在後，他的臉於是掩於陰影中，昏暗不明。他當時十歲。從他在路邊石外緣上保持平衡的模樣，他雙手的位置來看，以及……呃，X值本身來判斷，我當時便知道，一如現在我知道，他自己也強烈意識到魔幻時刻的存在。「你能不能試著不要太認真瞄準？」他問我，依舊站在原處。「如果你瞄準後打到他的彈珠，那只是走運罷了。」他說著話，進行著溝通，但沒有打破魔咒。接著**我**打破了它，相當刻意地。「如果我**瞄準**後打中，怎麼能說是**走運**

呢？」我回他話，沒回得很大聲（儘管我用粗體字），但表現出的惱怒感比我實際感受到的還多。他一時之間什麼也沒說，只顧著在路邊石外緣保持平衡，看著我。我不甚篤定地理解到，那視線中懷著愛。「因為事情會……」他說：「因為如果你打到他的彈珠，打到伊拉的彈珠，你會很**開心**，對不對？你會很**開心**對吧？如果你打到某人的彈珠會**開心**，那你在心底其實算是不怎麼期待的。因此，你得讓事情加入一些運氣的成分，得加入頗有分量的**意外性**才行。」他走下路邊石，雙手仍插在大衣的切縫口袋中，走向我們。不過思索中的西摩並沒有快速穿越暮色下的街道，或至少看起來不快。在那光線中，他像艘帆船般迎向我們。另一方面，驕傲，是世界上移動速度最快的事物，在我們雙方的距離少於五英尺前，我連忙對伊拉說：「反正天要黑了。」等於中止了遊戲。

上面這小小的原畫複現工程（或你愛叫什麼都行）開始讓我從頭到尾都冒汗了，我沒誇張。我想抽根菸，但我的菸盒空了，而我不想離開這張椅子。喔，天啊，這職業還真高貴。我對讀者了解有多深？我可以向他透露多少事，而不至於無必要地使我們其中一方難堪？我可以告訴他：我們雙方各自心中都有一個為我們準備的場所。到一分鐘前為止，我這輩子曾見過那地方四次。現在是第五次。我打算在地上拉筋拉個半小時左右，不好意思先走一步了。

*

這在我聽來極像是節目單上的口氣，不過呢，寫完上一段戲劇性文字後，我認為一切都是我活該。三小時過去了，我在地板上睡著了。（**我恢復神智了，親愛的伯爵夫人。親愛的我，你原本可能會怎麼看待我？我在此請求你，請讓我搖鈴叫瓶有意思的紅酒吧，那是我自己的小葡萄園出產的，我想妳可以……**）我想昭告天下——盡可能活潑地宣告，不管三小時前書頁上的騷動是什麼造成的，我都沒有，現在也不會，過去也從來不曾陶醉於我自己幾乎是過目不忘的能力（屬於我的小小能力，親愛的伯爵夫人）。在我變成（或將自己變成）一個滿頭大汗的虛弱鬼的瞬間，我嚴格來說就沒把西摩說的話——或者西摩本人放在心上了。我想，基本上重創我，使我喪失行為能力的原因，是我突然驚覺西摩就是我的達維佳腳踏車。我這輩子的大多數時間，都在等待我心中冒出將達維佳腳踏車送出去的念頭，哪怕只是最微弱的想法，而且有了想法還得貫徹才行呢。當然了，我會盡快解釋我在說什麼：

西摩和我分別是十五和十三歲那年，我們某天晚上走出房間，我想，是為了要去聽史都奈格與巴德的電台節目，結果在客廳碰到沉默、散發出不祥氣息的大騷動。在場的人只有三個（我們的爸媽和我們的弟弟韋克），但我總覺得另有一個更矮小的傢伙在隱密的觀察點偷聽。列斯脹紅了臉，挺可怕的，貝西的雙唇緊抿成一條線，幾乎都要消失了，而我們的弟弟韋克（根據我手上的數據，他當時的年紀將近九歲又十四個小時）站在鋼琴附近，身穿睡衣，打赤腳，臉上掛著兩行淚水。面對這種家庭狀況，我的第一個衝動是溜之大吉，不過既然西摩看起來沒準備要閃人，我也就留了下來。列斯稍微按捺住怒火，立刻在西摩面前報告案情，接受檢調。如同我們所知的，那天早上，韋克和華特拿到了成對的、大幅超過預算的美妙生日禮物——兩輛紅白條紋雙桿二十六寸腳踏車，也就是萊辛頓大道和第三大道夾住的那段八十六街上的達維佳運動用品店的櫥窗內那輛，兄弟倆有大半年時間都在對它猛流口水。西摩和我走出房間的大約十分鐘前，列斯發現韋克的腳踏車並沒有和華特那輛一起安然地放在我們公寓地下室內。韋克當天下午在中央公園，把他那輛送給別人了。某個不認識的男孩（「某個他這輩子從沒見過的傻蛋」）走向韋克，討那輛腳踏車，韋克就給他了。當然了，列斯和貝西都不介意韋克那「很棒、很慷慨的念頭」，但兩人都用毫不寬容的邏輯看待他處理這件事的細節。他們覺得呢，韋克實際上該做的（列斯如今在西摩面前複述這個意見，氣呼呼的），是好好地載那男孩一大段**路**。這時韋克哭哭啼啼地插嘴了。那男孩不**要**我好好載他一大段路，他要那輛**腳踏車**。他一直都沒**有**自己的腳踏車，我說那個男孩；他一直都**想要**一輛。我望向西摩，發現他變得振奮。他露出滿懷善意，但絕對不適合用來仲裁這難局的表情──根據經驗，我知道客廳就要重獲平靜了，不管那過程有多神奇。（「聖人躊躇以興事，以每成功。奈何哉其載焉終矜爾。」出自《莊子》第二十六篇。）我不會詳細解釋（就這麼一次）西摩是如何（肯定有更好的描述方式，但我不知道）幹練地直闖問題核心，讓交戰三方在幾分鐘後便互吻彼此，和好了。我在此真正的重點具備大剌剌的私密性，我想我已經表明過了。

西摩在一九二七年路邊彈珠黃昏向我發出的呼喚（或者說給我的指導），對我而言似乎助益良多且重大，我想我肯定得討論它一下。儘管如此（我接下來要說的話有點令人震驚），在我隔了這麼久之後來看，似乎沒有比以下事實更具貢獻性、更關鍵的了：西摩那個自負的弟弟，在四十歲這年，在許久之後總算獲贈他自己的達維佳腳踏車，他可以送人了，且他偏好送給第一個開口討的人。我發現自己納悶、思索著，從一個偽形而上的精妙論點（不論它有多次要或私密）切換到另一個（不管它有多健全或客觀）真的是正確的嗎？也就是說，不先蹉跎、磨蹭，採取我慣用的嘮叨風格是對嗎？但我還是要說：當他在馬路對面的路邊石上對我下指導棋，要我放棄瞄準伊拉．楊克的彈珠時（他當時是十歲，請記住），我相信他根據直覺下達的這個指示，在精神上十分接近日本弓道大師。後者會禁止固執的新學生瞄準目標後再射箭；也就是說，當弓道大師允許時，你要**瞄**而不瞄，可以這麼說吧。不過呢，我偏好在這一品脫大的論文內略過禪宗弓道和禪宗不提——當然了，部分原因是禪正迅速成為心懷歧視者耳中頗骯髒、邪門的字眼，而且有非常充分的理由，儘管可能只是表面上看來充分。（我說表面上是因為純正的禪宗會在它的西方擁護者消失後繼續存在。這些擁護者基本上呢，似乎把禪宗接近教條的超然概念誤以為是「誘使你對精神世界漠不關心」，或甚至誤以為是麻木不仁了——這些人顯然會毫不猶豫地揍倒一尊佛像，不用先等自己長出一顆金色的拳頭。我必須要補充說明，純正的禪宗——我想以我訴說的速度而言，補充是有必要的——在像我這種自大鬼離世後還是會存續的。）不過大致上而言呢，我偏好不拿西摩的射彈珠指南與禪宗弓道相提並論的原因很單純，那就是我既非禪宗弓箭手，也非禪宗信徒，更不精通禪。（如果我說西摩和我的東方哲學根基——如果我可以遲疑地稱之為「根基」的話——是扎在《新約．聖經》和《舊約．聖經》、不二論和道家思想之中，我會顯得很脫序嗎？如果真要用上東方稱號這種美妙的詞彙的話，我傾向視自己為四流的業瑜珈修行者，也許還摻了一點智瑜珈提味。我身受經典禪宗文學吸引，有膽子在大學開每週一晚的課，教授大盛佛教，但我生活中的禪味已經少到不能再少了，再少也無從察知，而我對禪體驗的些許領會——我小心選用了這個詞——是得自我順著相當自然的道路前進，極度無禪之路。主因是西摩本人求我這麼做，不誇張，而就我所知，他在這方面從來不曾出錯。）我想我沒必要扯到禪，我為此開心，而所有人八成也是。我會說，合邏輯且不帶東方色彩地說，西摩建議我採用的全憑直覺射彈珠的手法，和「彈菸屁股到房間另一頭的垃圾桶」這門藝術有關。我相信，大多數男性吸菸者只有在他們根本不在乎菸屁股有沒有掉進垃圾桶內或房間裡是否無旁觀者（旁觀者可說是包括彈菸者他自己）的情況下，才有辦法精通其道。我會試著盡量不去細細回想那畫面（固然它令人愉快），不過我確實認為在此補充（暫時回去彈一下路邊彈珠）是適切的：當西摩射彈珠時，他只要聽到玻璃與玻璃相撞的回應似的聲響，都會露出微笑，不過他似乎永遠沒弄清那聲響代表**哪方**獲勝。當他獲勝時，敵方幾乎每次都得幫他拿起彈珠，**遞**給他。

感謝上帝，結束了。我可以向你保證，菜不是我點的。

我想……我**知道**，這將會是我最後一段「具體」的注記，適度地讓它有趣吧。我想解開誤會再上床睡覺。

這是一段**趣聞**（該我沉船死一死吧），但我會飛快寫完：大約九歲那年，我有一個非常愉快的念頭，我認為我是**世界上跑得最快的男孩**。那是一種古怪，基本上非常業餘的自負，（我傾向加這麼一句）冥頑不靈的自負。即使到了今天，到了我超級慣於久坐不動的四十歲，我仍能想像身穿**外出**服的自己拔腿狂奔，超過一群知名但氣喘吁吁的奧運跑者，友善地向他們揮手，身上沒有半滴汗的模樣。總之，在某個春季夜晚，在我們仍住在河濱道上方的日子裡，貝西派我去藥局買個幾夸脫的冰淇淋。我在前幾段描述過的那十五分鐘長的魔幻時刻走出屋外。另外還有一件事對這趣聞的鋪陳造成同等致命的傷害，那就是我穿著運動鞋——可以肯定的是，運動鞋之於**世界上跑得最快的男孩**，幾乎等於紅鞋之於安徒生筆下的小女孩。走出門外後，我便化身為墨丘利，在通往百老匯的長長街道上展開「飆速」衝刺。我一個轉彎上了百老匯大道，繼續跑，而且採取不可能的舉動：**加速**。賣路易．謝莉冰淇淋（貝西堅定不移的選擇）那家藥局在一百一十三街，往北過三個路口就是了。大約在那段路的中點附近，我衝過一家文具店（我們通常會在那買報章雜誌）前面，盲目狂奔，沒發現我附近有任何親朋好友。之後，大約又過了一個路口，我才聽到後面有人追我的聲音，對方單純靠雙腿就追上了我。我的第一個念頭，也許是很典型的紐約人想法：警察在追我——罪名肯定是在**非學區街道超速**。我繃緊身體，擠出更快的速度，但沒用。我感覺到一隻手伸了出來，抓住我的運動衫，如果它有獲勝隊編號，那人的手就剛好落在上頭。我嚇壞了，連忙減速，動作彆扭得像想要降落的信天翁。追我的人，當然了，是西摩，他看起來也是一副嚇破膽的模樣。「**怎麼啦**？**發生**什麼事了？」他激動地問我，手仍抓著我的運動衫。我掙脫他的抓握，用頗為低級的當地用語（我不會如實抄寫於此）告訴他，**沒事**發生，我只是在**跑步**，這樣我才能大叫。他鬆了一大口氣。「老弟，你嚇死我了！」他說：「哇，你動得可真厲害！我差點**追**不上你了。」我們接著繼續前進，用走的，一起前往藥局。也許很怪，又也許一點也不怪的是，我成為**世界上跑第二快的男孩**後，士氣並無有感地下降。其中一個原因是，超越我的人是**他**。再說，我當時的心思全放在他喘得要命這件事上。看他喘有奇妙的分心效果。

我要完成這篇文章了。或者，說它要擺脫我了會更對。基本上，任何形式的終結總是令我畏怯。從小到大，我撕毀了無數篇小說稿，當中有多少僅是因為它們有迫害老契柯夫的噪音，也就是薩默塞特．毛姆口中的**開頭**、**中段**、**結尾**？三十五篇？五十篇？我在二十歲左右不再去看戲的原因有上千個，其中一個是，我不想僅僅因為某個劇作家動不動要人甩下他愚蠢的布幕就跟其他觀眾一起魚貫地擠出戲院，我恨死了。（那個心智堅定的討厭鬼福丁布拉斯[36]後來怎麼了？誰最後修好了**他的**馬車？）話說如此，我累壞了。我想再針對西摩肉身提出一、兩個破碎的看法，但我強烈覺得我的時間已經**到了**。此外，現在時間是六點四十分，我九點有課。時間剛好夠我小睡個半小時、刮鬍子，也許還可以洗個該死的冷水澡提個神。

36　《哈姆雷特》中的人物，與哈姆雷特一樣，都是渴望為父親復仇的角色。

有個衝動（那更接近老都市人的反射動作，而非衝動，感謝上帝）要我以微具譏諷性的口吻談談那些剛在劍橋或漢諾威或紐哈芬過完長假歸來的二十四個年輕女學生，她們正在三零七號教室等我，但我要是不把意識導向美好與真實，我就會完成不了西摩的側寫——哪怕只是一個爛側寫，我的自負（我長久以來的欲望，就是想和他一起領銜主演）四處流竄的側寫。這麼說很傲慢（因此只好由我來說），不過我當我哥哥的弟弟不是白當的，而我**知道**（並不總是知道，但我知道）我做的任何事都沒有一件比前往糟糕的三零七號教室來得重要。裡頭一個女學生也沒有，包括可怕的札貝爾小姐，我並沒有像看待布布或法蘭妮那樣將她視為妹妹。她們或許是與誤報的年齡一同煥發光采，但光采就是光采。這想法成功使我震驚：我現在真正想去的地方就只有三零七號教室，沒有別的了。西摩曾經說，我們一輩子做的事只有一件，就是在一個又一個小聖地間移動。他真的**不曾**說錯話嗎？

現在去睡覺就對了。快點，快點，慢點。

GREAT!50 **抬高屋梁吧，木匠；西摩傳**

作者	沙林傑（J. D. Salinger）
譯者	黃鴻硯
協力編輯	林婉華
封面設計	馮議徹
責任編輯	徐　凡
國際版權	吳玲緯
行銷	蘇莞婷、何維民、吳宇軒
業務	李再星、陳紫晴、陳美燕、葉晉源
副總編輯	巫維珍
編輯總監	劉麗真
總經理	陳逸瑛
發行人	凃玉雲
出版	麥田出版 地址：10483台北市中山區民生東路二段141號5樓 電話：(02)2500-7696 傳真：(02)2500-1967
發行	英屬蓋曼群島商家庭傳媒股份有限公司城邦分公司 地址：10483台北市中山區民生東路二段141號11樓 網址：www.cite.com.tw 客服專線：(02)2500-7718｜2500-7719 24小時傳真專線：(02)-2500-1990｜2500-1991 服務時間：週一至週五09:30-12:00｜13:30-17:00 劃撥帳號：19863813 戶名：書虫股份有限公司 讀者服務信箱：service@readingclub.com.tw
香港發行所	城邦（香港）出版集團有限公司 地址：香港灣仔駱克道193號東超商業中心1樓 電話：+852-2508-6231 傳真：+852-2578-9337
馬新發行所	城邦（馬新）出版集團【Cite(M) Sdn. Bhd.】 地址：41-3, Jalan Radin Anum, Bandar Baru Sri Petaling, 57000 Kuala Lumpur, Malaysia. 電話：+603-9056-3833 傳真：+603-9057-6622 讀者服務信箱：services@cite.my
麥田部落格	http://ryefield.pixnet.net
印刷	漾格科技股份有限公司
初刷	2020年12月
售價	350元
ISBN	978-986-344-708-5

國家圖書館出版品預行編目(CIP)資料

抬高屋梁吧，木匠；西摩傳／沙林傑（J. D. Salinger）著；黃鴻硯譯. -- 初版. -- 臺北市：麥田, 城邦文化出版：家庭傳媒城邦分公司發行, 2020.12
　面；　公分（Great! ; RC7050）
譯自：Raise High the Roof Beam, Carpenters and Seymour: An Introduction
ISBN 978-986-344-708-5（平裝）

874.57　　108017620

城邦讀書花園
www.cite.com.tw

Printed in Taiwan.
本書若有缺頁、破損、裝訂錯誤，請寄回更換。